珞 珈 诗 派 丛 书

主编 余仲廉 吴晓

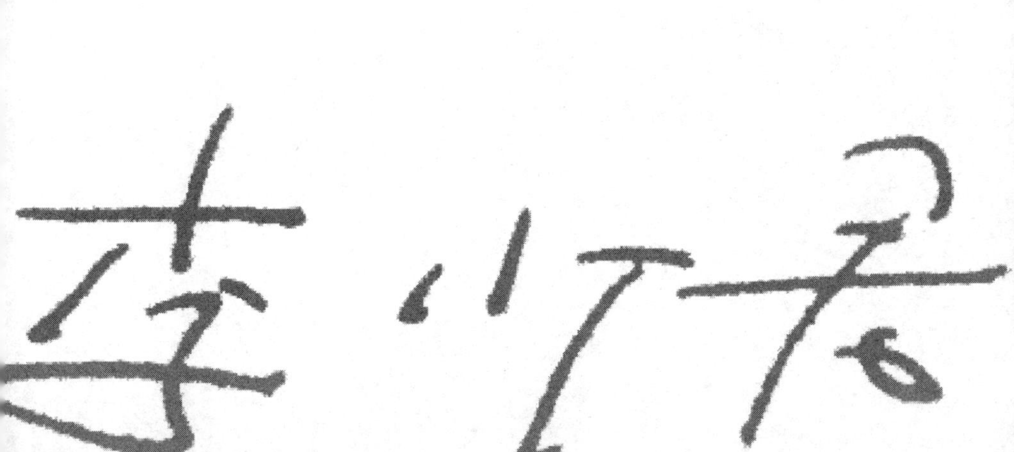

我是有背景的人

李少君　著

WUHAN UNIVERSITY PRESS
武汉大学出版社

李少君

1967年11月生，湖南湘乡人，1989年毕业于武汉大学新闻系，曾发起设立“珞珈诗派”，主要著作有《自然集》、《草根集》、《神降临的小站》等，主编《21世纪诗歌精选》，诗作入选大学教材等数十种选本，并被翻译成英文、德文、俄文、韩文、瑞典文、塞尔维亚文、越南文等，曾多次应邀参加美国、德国、法国、印度、越南、菲律宾、塞尔维亚等国国际诗歌及文化活动。被誉为“自然诗人”。所提出的诗歌“草根性”已成为21世纪诗歌关键词。曾任《天涯》杂志主编，海南省作家协会副主席，海南省文联专职副主席，现为《诗刊》副主编，中国作家协会诗歌委员会委员，一级作家。

我的心、情、意（代序）

李少君

一

诗歌是一种心学。

诗歌感于心动于情，从心出发，凝聚情感，用心写作，其过程类似修心，最终领悟意义，创造境界，得以在其中安心，同时还可能安慰他人，称之“心学”名副其实。

心，是感受和思想的器官，钱穆先生认为心是一切官能的总指挥总开关。学，有学问和学习两重含义，这里主要是指学习。学习，是一种通过观察、了解、研究和领悟使个体可以得到情感与价值的改善和升华的方式。

诗歌是一种心学，意思是，诗歌本质上是一种感受、学习并领悟世界的方式。心通天地万物，心是具体的、个人性的，但可以心心相通，以心传心，他人亦能感受、体会、理解。

每一代人，都要重新认识世界和了解世界，这是一种心学；而每一个时代，我们也都要面对新的感觉和变化及新的情况，努力学习、思索和理解，这也是一种心学。

需要特别指出的是：这种心学是建立在语言的基础上的，维特根斯坦认为语言是人区别于其他物种的存在方式。人是有语言的动物，人也是有情感的动物，唯有人，可以用语言把情感描述、记录、储存、升华并保留下来，即使历经千年，仍能打动后人。

二

所以，诗歌也是一种情学。

情，指因外界事物所引起的喜、怒、爱、憎、哀、惧等心理状态。李泽厚认为：动物也有情有欲，但人有理性，可以将情分解、控制、组织和推动，也可以将之保存、转化、升华和超越。若以某种形式将之记录、表现、储存或归纳，就上升为了文学和艺术。因此，李泽厚对艺术如此定义：“艺术就是赋情感以形式。”艺术就是用某种形式将情感物化，使之可以传递，保存，流传。这，就是艺术的本源。

在我看来，艺术，其实就是“情感的形式”，或者说，“有形式的情感”，而诗，是最佳也最精粹的一种情感方式。

古人云：触景生情。情只有在景中也就是具体境中才能激发并保存下来，而境是呈现情的具体场所和方式。

那么，何谓“境”？境，最初指空间的界域，不带感情色彩。后转而兼指人的心理状况，涵义大为丰富。唐时，境的内涵意思基本稳定，既指外，又指内，既指客观景象，又指渗透于客观景象中的精神，含有人的心理投射观照因素。

境，为心物相击的产物，凝神观照所得。其实质就是人与物一体化。主客融合，物我合一，造就一个情感的小世界，精神的小宇宙。在情的关照、整合和统摄下，形成对世界和宇宙的认识理解。

情境，有情才有境。情景交融，情和景总是联系在一起的。情境，就是情感的镜像或者说框架，个人化的，瞬间偶然的，情感在此停留、沉淀，进而上升为美。情境是一个情感的小天地。细节、偶然、场景因情感，才有意义，并建立意义。

中国人认为万物都是有情的，世界是一个有情世界，天地是一个有情天地。王夫之在《诗广传》中称：“君子之心，有与天地同情者，有与禽鱼鸟木同情者，有与女子小人同情者……悉得其情，而皆有以裁用之，大以体天地之化，微以备禽鱼草木之几。”世界，是一个集体存在、相互联系、同情共感的命运共同体。

张淑香称为一种彻底的“唯情主义”，这种“唯情主义”认为世界万物都有着“一条感觉和感情的系带”，并且由古而今，“个体之湮没，虽死犹存，人类代代相交相感，亦自成一永恒持续之生命，足与自然时间的永恒无尽相对恃相呼应”，从而超越死亡的恐惧，肯定生命本身的绝对价值。

三

诗歌，最终要创造一个有情的意义世界。

意，就有有方向、有目的的情感。意义，指精神赋予的含义、作用与价值，人是有自我反省、觉解能力的，能够意识到生活是否值得过下去，所以，人生是否有意义，对于每个人都很重要，人皆需要寻找意义。

诗，应该创造和提供一个意义世界。那么，如何创造？

前面说了，情之深入、持续与执著，产生意。以摄影经验为例，万物万景茫茫，唯定格截取一点，才能构成具体场景图像，才能有所确定，才能清晰，才能呈现摄影者心意，才能凸显美。

诗亦如此，欲以语言保存情感，亦需截取，固定为境。情凝聚、投注于境，沉淀下来，再表达出来，成为诗，成为艺术。

所以，艺术来自情深，深情才能产生艺术。这点类似爱情。心专注，才有情，才会产生情。爱情的本质，就是专一，否则何以证明是爱情。

艺术之本质也是如此，艺术就是深入聚焦凝注于某种情感经验之中，加以品味沉思，并截取固定为某种形式，有如定格与切片，单独构成一个孤立自足的世界，比如一首诗或一幅画。而阅读到这一首诗这一幅画的他者，又因其中积淀的元素唤起自身的记忆和内心体验，引起共鸣，感受到一种满足感（康德称为“无关心的满足感”），并带来一种超越性，这就是美。

这种感受，就像瑞典诗人特朗斯特罗姆所说的“诗歌是禅坐，不是为了催眠，而是为了唤醒”，先唤醒己心，再以己心唤醒他心。

捷克汉学家普实克很早就认为：中国抒情诗擅长“从自然万象中提炼若干元素，让它们包孕于深情之中，由此以创制足以传达至高之境或者卓尔之见，以融入自然窈冥的一幅图像”。

而意，自在这情之深刻、专注、凝固之中。当然，这情，不仅限于人与人，还包括对天地万物之情，推己及人，由己及物，王维之思：“流水如有意，暮禽相与还”；李白之感：“相看两不厌，唯有敬亭山”；李清照之喜：“水光山色与人亲”；辛弃疾之恋：“我见青山多妩媚，料青山，见我应如是”。

古人说：诗融情理，诗统情理，情理结合构成意义。意义予人以目的、方向，予人生以满足感充实感和价值。

在此意义上，布罗茨基说：诗是我们人类的目的。

目录

我是有背景的人

我们是从云雾深处走出来的人
三三两两，影影绰绰
沿着溪水击打卵石一路哗哗奔流的方向
我们走下青山，走入烟火红尘

我们从此成为了云雾派遣的特使
云雾成为了我们的背景
在都市生活也永远处于恍惚和迷茫之中
唯拥有虚幻的想象力和时隐时现的诗意

傍晚

傍晚，吃饭了
我出去喊仍在林子里散步的老父亲

夜色正一点一点地渗透
黑暗如墨汁在宣纸上蔓延
我每喊一声，夜色就被推开推远一点点
喊声一停，夜色又聚集围拢了过来

我喊父亲的声音
在林子里久久回响
又在风中如波纹般荡漾开来

父亲的应答声
使夜色明亮了一下

抒怀

树下，我们谈起各自的理想
你说你要为山立传，为水写史

我呢，只想拍一套云的写真集
画一幅窗口的风景画
　　（间以一两声鸟鸣）
以及一帧家中小女的素描

当然，她一定要站在院子里的木瓜树下

荒漠上的奇迹

对于荒漠来说
草是奇迹，雨也是奇迹
神很容易就在小事物之中显灵

荒漠上的奇迹总是比别处多
比如鸣沙山下永不干涸的月牙泉
比如三危山上无水也摇曳生姿的变色花

荒漠上还有一些别的奇迹
比如葡萄特别甜，西瓜格外大
牛羊总是肥壮，歌声永远悠扬

荒漠上还有一些奇迹
是你，一个偶尔路过的人创造的……

神降临的小站

三五间小木屋
　　泼溅出一两点灯火
我小如一只蚂蚁
今夜滞留在呼仑贝尔大草原中央
　　的一个无名小站
独自承受凛冽孤独但内心安宁

背后，站着猛虎般严酷的初冬寒夜
再背后，横着一条清晰而空旷的马路
再背后，是缓缓流淌的额尔古纳河
　　在黑暗中它亮如一道白光
再背后，是一望无际的简洁的白桦林
　　和枯寂明净的苍茫荒野
再背后，是低空静静闪烁的星星
　　和蓝绒绒的温柔的夜幕

再背后，是神居住的广大的北方

春天里的闲意思

云给山顶戴了一顶白帽子
小径与藤蔓相互缠绕，牵挂些花花草草
溪水自山崖溅落，又急吼吼地奔淌入海
春风啊，尽做一些无赖的事情
吹得野花香四处飘溢，又让牛羊
和自驾的男男女女们在山间迷失……

这都只是一些闲意思
青山兀自不动，只管打坐入定

海之传说

伊端坐于中央，星星垂于四野
草虾花蟹和鳗鲡献舞于宫殿
鲸鱼是先行小分队，海鸥踏浪而来
大幕拉开，满天都是星光璀璨

我正坐在海角的礁石上小憩
风帘荡漾，风铃碰响
月光下的海面如琉璃般光滑
我内心的波浪还没有涌动……

然后，她浪花一样粲然而笑
海浪哗然，争相传递
抵达我耳边时已只有一小声呢喃

但就那么一小声，让我从此失魂落魄
成了海天之间的那个为情而流浪者

碧玉

国家一大，就有回旋的余地
你一小，就可以握在手中慢慢地玩味
什么是温软如玉啊
他在国家和你之间游刃有余

一会儿是家国事大
一会儿是儿女情长
焦头烂额时，你是一帖他贴在胸口的清凉剂
安宁无事时，你是他缠绵心头的一段柔肠

敬亭山记

我们所有的努力都抵不上
一阵春风，它催发花香，
催促鸟啼，它使万物开怀，
让爱情发光

我们所有的努力都抵不上
一只飞鸟，晴空一飞冲天，
黄昏必返树巢
我们这些回不去的
浪子，魂归何处

我们所有的努力都抵不上
敬亭山上的一个亭子
它是中心，万千风景汇聚到一点，
人们云一样从四面八方
赶来朝拜

我们所有的努力都抵不上
李白斗酒写下的诗篇
它使我们在此相聚畅饮长啸
忘却了古今之异
消泯于山水之间

深刻的意义

每次，那个拄着拐杖的小姑娘到达办公楼时
小保安都会马上主动跑过去给她开门
然后，按好电梯，看着她进电梯
平时，他只是坐在保安室里尽职
即使领导过来，也一动不动
小姑娘的父亲，每天骑着自行车送女儿上班
停在大门口，看着她进电梯后才放心离开

这一场景应该持续了很多年
我虽然来这里的时间不长，也已看到好多次
但直到这个秋天来临，寒风瑟瑟的清晨
我才意识到其中深刻的意义
并为之专门写下这首诗

西山如隐

寒冬如期而至，风霜沾染衣裳
清冷的疏影勾勒山之肃静轮廓
万物无所事事，也无所期盼

我亦如此，每日里宅在家中
饮茶读诗，也没别的消遣
看三两小雀在窗外枯枝上跳跃
但我啊，从来就安于现状
也从不担心被世间忽略存在感

偶尔，我也暗藏一丁点小秘密
比如，若可选择，我愿意成为西山
这个北京冬天里最清静无为的隐修士
端坐一方，静候每一位前来探访的友人
让他们感到冒着风寒专程赶来是值得的

在北方的林地里

林子里有好多条错综复杂的小路
有的布满苔藓，有的通向大道
也有的会无缘无故地消逝在莽莽荒草丛中
更让人迷惑的，是有一些小路
原本以为非常熟悉，但待到熬过漫漫冬雪
第二年开春来临，却发现变更了路线
比如原来挨着河流，路边野花烂漫
现在却突然拐弯通向了幽暗的隐秘深谷

这样的迷惑还有很多，就像头顶的星星
闪烁了千万年，至今还迷惑着很多的人

南渡江

每天，我都会驱车去看一眼南渡江
有时，仅仅是为了知道晨曦中的南渡江
与夕阳西下的南渡江有无变化
或者，烟雨朦胧中的南渡江
与月光下的南渡江有什么不同

看了又怎么样？
看了，心情就会好一点点

西湖边

为什么走了很久都没有风
一走到湖边就有了风?
杨柳依依，红男绿女
都坐在树下的长椅上
白堤在湖心波影里荡漾

我和她的争吵
也一下子被风吹散了

珞珈山的鸟鸣

珞珈山是一片茂密森林，也是鸟鸣的天地
清晨鸟鸣啾啾，此起彼伏
正午鸟鸣交织，覆盖森林
黄昏，则只剩一两声鸟鸣悠然回响
你所能体验并有所领悟的最微妙的境界
全在于你能否听得懂鸟鸣

我也与鸟鸣有过秘密的交流呼应
孤独无依时，你安慰过我
寂寞无聊时，你与我对话
有一次，一只鸟儿冲我反复啼鸣
引领我进入一片丛林
然后，我好奇地跟了过去
来到一片空地，惊讶地发现
眼前湖光山色，豁然开朗
原来，这里才是珞珈山俯瞰东湖的最佳位置

就这样，当我还在懵懂无知的十七岁的时候
你给我启迪了一个全新的世界

云国

多年来，这风花雪月的国度
在云的统治下，于乱世之中得以保全

耽美的闲适家们悉数沦陷
一边是苍山，一边是洱海
左手是桃红，右手是柳绿
最适合做白日梦，或携酒徐行

深夜，店家坐在冷清的柜台前
掂量着手中的银子和几钱月光
当全球化的先遣队沿高速公路长驱直入
虚度光阴的烟霞客也开始有焦虑感

依靠三塔能否镇定生活和内心？
至少，隐者保留了山顶和心头的几点雪

春寒

又一个幽静的所在
是灿烂野花的秘密行宫
是繁茂草木的深邃渊薮

这藏幽纳静的所在啊
暗地里依恃着清水的涵养
绿杨掩映下的深潭
青石板路上滑腻的苔藓
还有啊，雨后寂寞地等候着的
只容得下一个人过去的小木桥

只是，在此处，林深暗淡了桃红
清贫，抑制了酒色

美女驾临

我在街边等候。一位美人风风火火地赶来
步履匆匆气急败坏。我看了一眼
她立刻脚步放缓、神态显出端庄
在我把目光投向旁边的景物时
她抓紧偷偷抹了抹凌乱的头发
当我再回过头来看她时
她已略显羞涩而愈加美丽动人

当我打开车门邀请她上车的时候
她迈出长腿的优美姿势，真像
一位仪态万方的公主啊

岭头黎家爱情

只有在尽情欢娱的间隙
她才偶尔给他发发短信
他会为此一整夜辗转反侧

只有在空虚的那几天
她才会埋怨他不去看她
于是他当了真，一晚上守在她家楼下

他听了一夜的溪声
她也没有回来
这个爱情的候补者
就这样蹲在黑暗的角落里
闻到了夏夜槟榔花散发的迷香

江南小城

仿佛慢得回到了前一个世纪……

风慢得适合在柳条间缠绵
船慢得适合在狭长的运河上飘荡
人慢得适合在此散步流连抒情
——和每一个人都要点头问好
你慢得适合幽居在一个寂寞的巷子里
——小院深深绿荫浓

而这一切啊，慢得适合回旋回忆回味
当一朵花从桥上扔到我头上
我久久没有回过神来……

自道

在荒芜的大地上
我只能以山水为诗
在遥远的岛屿上
我会唱浪涛之歌

白云无根，流水无尽，情怀无边
我会像一只海鸥一样踏波逐浪，一飞而过
……海上啊，到处是我的身影和形象

最终，我只想拥有一份海天辽阔之心

偶过古村落

村头，鲜艳的凤凰花在枝头招摇

回首处，一扇小门春风外
满院绿荫红杏生

来时是蝴蝶引路，如入迷宫
去时则黑狗相送，走出花丛

村庄仍然掩映在老榕树的庇护下
窗口的青山，也越来越远

古井里的那一潭幽绿
是此地最迷人的古董

桃

桃笑意盈盈，坐在那里
脸带绯红，眉目顾盼
我怔在那里，动弹不得

一转眼，桃又宽衣解带
肌肤娇嫩，玉体半露
我手足无措，动弹不得

是春天的暖，还有酒意
使桃按捺不住，一定要脱
无所顾忌，在春夜裸露出最本真的她

致鼓浪屿

这样的一座岛屿
不惟海上之波浪所簇拥
亦不惟四围之清风所烘托
不惟满地青草繁花所涵养
亦不惟每日晨曦月色所孕育
亦不惟成千上万之海鸥与帆影所护佑

如此之一座岛屿
唯音乐的一丝琴弦可以勾画
唯诗意的一线幻想可以虚构其形象

民国的黄昏

黄昏，暮色和我分享了此刻的宁静和迷惘

青砖、黑瓦、白墙的别墅间，点缀着古松
这里是莫干山下著名的民国风情小镇
林中清风没有任何禁忌地四处游走
顺便，捎带着浓郁得正需要疏散的桂花香
晚钟，恰到好处地应和着荡漾回响

漫无目的地走在陌生而又熟悉的街景上
走着走着，仿佛走回了上个世纪的时光中
我听见身后一对陌生男女的对话：
“这条路有些长，我们可能迷路了……”

我的永兴岛

那一片片白云飘落的地方
就是永兴岛
岛上姑娘的纱巾
比白云还要洁白

那一朵朵浪花盛开的地方
就是永兴岛
岛上美丽的鲜花
比浪花还要绽放

那一层层晚霞映红的地方
就是永兴岛
岛上炊烟的升起
总在日落之时

那满天晨曦照亮的地方
就是永兴岛
岛上渔民的渔船，出海很早
他们划向的方向
就是晨曦射过来的方向

雪的形象

冬雪纷飞，定格了这一个寂静国度

每一丛草皆凝结晶莹冰凌
每一棵树都披挂琼花玉枝

心亦清静，清静地听到了雪落无声

我亦清静，清晰地看到模糊的窗玻璃上
你以雪花的形式，飘浮在越来越深的夜晚

金华江边有所悟

微雨之中，我再一次来到江边
沿着杨柳垂拂的小径孤独前行
途中遇到过几个百无聊赖的少年
喧嚣的市声跟随身边，怎么也摆脱不了

还在到来之前，我恰陷入深深的困倦
旅途的奔波、对世事的厌烦，以及
无端遭遇的无来由的深重的虚无感
即使最深沉的睡梦之中也无法消除

大梦一场，也抵消不了内心的抵触
那些所谓功名利禄蝇头小利的计算
如浓厚的无处不在的雾霾一样包围人世
每一滴汁液都蕴含微量毒素渗入人们的神经

在流淌的金华江边，我慢慢地走着
目测江对岸世界的广度，体验时间的长度
清风携带着细雨飘散到我的脸上
我的呼吸开始和江流一样变得平缓起来

在青色的天空下，在越来越开阔的江面上
我看见一只白鹭在微波之上缓缓地飞行

尼洋河畔

在纽约，我听到过一个走遍全世界的人说：
每个地方的生活都是一样的
每个地方的爱情也是一样的

林芝就是一个不一样的地方
雪域高峰，时有神迹圣意闪烁
从林中的一泓蔚蓝，深谷的大片野花
山顶的白云飞扬，携带着彩虹与霞光
让每一个亲眼目睹者倍感殊荣，福佑均沾

深夜，我在尼洋河堤上散步
黑暗中听见雨后激流的喘息声
我看到一对学生模样的藏族小恋人
树下，男孩踮着脚为女孩撑伞遮雨
看到我走过来，女孩轻声说：
“不用打伞了，没下雨了”

这声音多像四十年前我听到过的
这黑夜，这激流制造的不平静
也是一样的

青龙胡同肖像

晨光中站在胡同口提着鸟笼的老大爷的闲散姿态
应该立成雕塑——
那是最著名的老北京风俗画

胡同里的每一块砖都是古董
胡同里的每一片瓦都堪称文物
都应该保护起来

黄昏坐在树下吃饭的一家三口其乐融融的寻常景观
应该永久镌刻——
那是最典型的非物质文化遗产

胡同里的每一棵大槐树都古色古香
胡同里的每一盆兰花都悠久芬芳
都应该予以保留

此外，在这座最生气勃勃的日常生活博物馆里
能否保存屋檐下最古老的那一份温馨
邻里间总是客客气气嘘寒问暖
能否留住树上和墙头长年挂着的那一声声鸟啼
提醒着人世间的某种简单、安静与持续性

在昭通

这些云雾缭绕的小城
其神秘，不在于一丝丝漂渺的云雾
而在于乌蒙山间的茶马古道
石阶上反复踩踏烙下的马蹄印
荒草里深埋的岁月的秘密和史籍的线索

这些云雾遮掩的小城
其神秘，不在于一缕缕纠缠的云雾
而在于街边蹲着的沉默的发呆者
路旁挨挤着的密密麻麻的杂货铺和客栈
每一个里面都暗藏多少心事、往事和故事

这些云雾笼罩的小城
其神秘，不在于一团团混沌的云雾
而在于大街上公园里到处充斥的激情男女
那些内心压抑不住突然迸发的火爆热烈
就像经常猛地探头出来的太阳，让你惊艳

垂杆钓海

我坐在高高的悬崖上
垂杆钓鱼
我感到：我只要一提起杆
就能将整个大海都钓起来

一根线就将整个大海牵起来

还有什么比这更大的力量
可以牵动你整个的心和整个的世界？

冬之溪塘

寒风吹着悬挂树枝的冰棱
一小连串的铃铛的脆响

窸窸窣窣夹杂着
掉落地上石头上的冰块碎裂声

溪塘边杂草还缠着碎雪
清晨起来就敲冰的男子，已捞了一小桶鱼

我走出房间，站在露天里透气
冰冷，如一枚箭
嗖地一声击溃了冬天里的混沌感

废园

表面随意生长的花花草草
其实都是精心挑选出来的

看似杂乱荒芜的园子
昨天刚刚细致清理过

连那些似乎漫不经心的行人
也是专程赶来的游客

只有小兽例外，一闪而过的影子
它的惊慌是突然的

何为艺术，而且风度

静穆，晨光似弦
猫儿在墙上，迎着清风
悠闲地弹起阳光的五线谱
然后，一曲完毕，挥一挥手
踩着猫步走了

良久
世界才爆发出雷鸣般的掌声

反体制

在西装就代表体制的年代
超短裙就算是叛逆，而玻璃幕墙
就是后现代主义，每一层楼都藏着机关
整体就构成市政府和商贸中心
高跟鞋枪声一样射向那些密封坚固的防盗门

幸福已经指标化
人心，也可以紧张地进行分类计量
只有焦虑永远悬挂在头上
就像手机铃声总是轰炸机一样响起
所以，你再怎么撒娇，最后
还是要潜入主任办公室，以眉来眼去
向权力释放高压电，换取安全感

总有一些人想把生活行为艺术化
在开会的间隙游刃有余地暗示与勾引
私底下商定暗号为：
一支杀伤力超强的口红在燃烧
然后，在地下车库里短促接头神秘消失

大雾

连续一周的大雨终于消停
树木们一身湿漉，也歇了口气
舒展开新嫩的叶子
昨夜的一场争吵却还在继续
绵长的积郁挥之不去
一如这弥漫的大雾仍在缭绕

她清晨就出了门，也没有说要去哪里
我们的小木屋就在半山中
屋后是丛林修竹，屋前有一条小溪
她也许是去了那片竹林里蹓跶
也许是在溪水边的石头上静坐

我心神不宁，倾听着她迟疑的徘徊的足音
我倾听了一上午，终于按捺不住
那足音似乎一直隐隐约约没有过间断
那大雾也久久盘桓，不肯消散

有过一只小鸟探头探脑来暗示过什么
足音、鸟鸣和她的面容交替闪现又隐没
我伸出头去，仍不见人影
我仿佛看到她正在随手采摘野果
草地上结着一个又一个小小的水网

雾消隐了泥泞地上所有清晰的脚印
我感到她还在山中，又好像已经不在

大雾隐瞒了她已经远去的真相
大雾掩饰了她早已消失的身影

山中一夜

恍惚间小兽来敲过我的门
也可能只是在窗口窥探

我眼睛盯着电视，耳里却只闻秋深草虫鸣
当然，更重要的是开着窗
贪婪地呼吸着山间的空气

在山中，万物都会散发自己的气息
万草万木，万泉万水
它们的气息会进入我的肺中
替我清新在都市里蓄积的污浊之气

夜间，缱绻中风声大雨声更大
凌晨醒来时，在枕上倾听的林间溪声
似乎比昨晚更加响亮

黄昏，一个胖子在海边

人过中年，上帝对他的惩罚
是让他变胖，成为一个大胖子
神情郁郁寡欢
走路气喘吁吁

胖子有一天突然渴望看海
于是，一路颠簸到了天涯海角
这个死胖子，站在沙滩上
看到大风中沧海落日这么美丽的景色
心都碎了，碎成一瓣一瓣
浮在波浪上一起一伏

从背后看，他巨大的身躯
就像一颗孤独的星球一样颤抖不已

山间

汽车远去
喧嚣声随之消逝
只留下这宁静偏远的一角
没有哒哒马达声的山野
偶尔会有鸟鸣、泉响以及一两声电话铃

只留下我，一个人在林间徘徊
夜雾散去，露珠一串串滴落草丛
晨曦初露，穿越朦胧的松林
光线折断于树梢间……叮叮当当

青山，越来越静穆
也显得越来越高远
枫叶红了
天空，仍然固执地蓝着

我看见了第一个在林荫小道上跑步的人

回湘记

那个叫萝玛的咖啡馆我没见过它
它也没见过我，所以门半闭半开，两侧的迎宾小姐
听我说普通话，一时没反应过来怎样招呼我

那个叫陈家米粉的小餐厅似曾相识
它也似乎记得我，所以那半碗肉丝米粉
为表示热烈，辣得让我差点流下了眼泪

那个叫黛丽丝的美发店我不熟悉它
它看着我也很陌生，所以它冷着脸
对我这样只剪个短发的不速之客有意怠慢

那个叫碧洲公园的地方我以前常去
它也很了解我，所以老榕树里的和风扑过来
宛如老友相拥，对面的东台山恍惚冲我眨了一下眼睛

那我曾经常对着朗诵的涟水河
对我当然印象深刻，我曾献给它无数的诗歌
猛一见到消失多年的我，流速一下加快
河边草木也有些小小的激动

那突如其来的故乡的小雨显然也知道我
我也觉得它很亲切，它打湿了我的头
但柔和得仿佛只是亲人抚摸了我一下

对面母校大门里轻盈走出一位白衣少女
她好像认识我，我也看着很面熟
她仿佛二十多年前隔壁班的女生，先是冲着我一笑
然后害羞地低下了头

欧洲的冬天

末日论盛行的年代，寒流也加剧
苦闷中人们纷纷涌进咖啡馆里
想听听诗人们在说些什么
于是有诗人站出来，慷慨激昂
俨然上帝一样严正发言
他每说一句，台下狂热欢呼
壁炉里的火，似乎比平常烧得更旺

作为一个个人主义者，我不喜欢
这样的氛围，只得踱出咖啡馆
街头落叶纷飞，花草躲在角落瑟瑟发抖
我独自在石子铺就的街道上徘徊
天空阴郁，所有的店铺都已关门紧闭
大街上冷清不见一人，只剩
少许几缕灯光投射在古老的地面上

天气太寒冷，还是咖啡馆里暖和一些
于是，我又犹豫着折回了咖啡馆

新早春二月

一个江南小镇上的小学女教师
喜欢诗，擅长玩微博和微信
私底下自怜自爱又自怨自艾着
她也有一个爱恋对象，异地的网友
她的灵性她的寂寞她的骄傲
就只有他还在意着、惦记着

她的嗔怨喜怒，也有了粉丝
这增加着她的自傲，也增加着她的自卑
冥冥之中她总盼望着
有一天他会带着她远走高飞
但她身边的现实还是小桥流水
流逝着她的忧伤也流逝着她的青春

那个男青年是一个大都市白领
爱上网，他们在虚拟空间里一见钟情
他就喜欢这样的小家碧玉，让他轻松
但也是幻想大于行动，总在迟疑
他经常和友人们诉说，从不见迈出半步
就这样两个人每天守着电脑和手机相思

心在一处人隔千里之外的现代牛郎织女
让我感叹不已，我忍不住劝那位男青年：
你就是她的全部，她的人生
就只等着你帮她去完成
你应该和她私奔，去世界任何一个地方
如果这样，就是一个新的早春二月

平原的秋天

秋天，华北的平原大地上
已收割完所有的庄稼
整个田野一望无际地平坦
只余下一栋房子
掩盖在几棵金黄的大树下

白天，屋顶铺满黄金般的叶片
黄土色的房子在阳光下闪闪发光
可以听到鸡叫声、牛哞声和狗吠
还有磕磕碰碰的铁锹声或锯木声

夜晚，整个平原都是静谧的
唯一的访客是月亮
这古老的邻居也不忍心打搅主人
偶尔传出三四声猫咪

夜，再深一点
房子会发出响亮而浓畅的鼾声
整个平原亦随之轻微颤动着起伏

一块石头

一块石头从山岩上滚下
引起了一连串的混乱
小草哎呦喊疼，蚱蜢跳开
蜗牛躲避不及，缩起了头
蝴蝶忙不迭地闪，再闪
小溪被连带着溅起了浪花

石头落入一堆石头之中
——才安顿下来
石头嵌入其他石头当中
最终被泥土和杂草掩埋

很多年以后，我回忆起童年时代看到的这一幕
才发现这块石头其实是落入了我的心底

疏离感

春天来了
飞絮吹得每一个人心里慌乱

雨中，细小的草在呐喊
台阶上溅起水花
随后散成泡沫

细雨中仍穿戴整齐彬彬有礼的他
显现出与这个时代的一种礼貌的疏离感

小社会

当我发现大院里的树长高了的时候
院子里的孩子们也似乎一夜之间长高了

这个暑假，孩子们还是在院子里尽情地欢闹
他们互相之间玩得很熟了
不分彼此地混在一起追逐着叫喊着
连树上的小鸟、草地的小狗也被感染了
大大小小天上地下地都在一起喧嚷着吵闹着

突然，一个孩子受伤了
其他孩子都围了过来
说话也变得轻声细语小心翼翼
有为他揉伤的，有扶着送他回家的
……

这构成了多么和谐的一个小社会
足以成为所有大社会学习的典范

小城

时令青菜
是这柴米油盐庸常日子里的一点新意

小城市里最温馨的一幕：
茶馆里，几乎每个人都在不停地打招呼
因为他们互相都认识

泄露

她垂下眼帘
关闭了自己的内心秘密
仿佛一睁开就会泄露似的

她总是这样神秘而遥远
仿佛白云辉映之下
墙角里的独自摇曳的一株幽草

秋夜

寂寞，被一只蟋蟀按在了墙角
并压上了一块石头

雨加浓了酒，酒加重着愁
但投入黑暗深处的深沉一觉
就可以解决一切问题

美的分寸感

美的分寸感
呈现在她每一缕
精心梳理过的细腻的发丝上

深夜，他蹑手蹑脚地潜入
却仅仅亲吻了一下她的额头
没有偷走任何东西，包括她的心

春夜

春夜，无人时
一个青年男子，在树木稀疏的小道上
优雅地脱下白衬衣
搭在左肩上

他经常在林中散步
吸收着草木之清香气息

雪夜

雪堆，洁白而素美
仿佛异教徒的坟墓
属于某个我们一无所知的种族

雪夜寂静，虚无是一片清白迷幻的月光
生，就是那一连串细碎杂沓的脚步声

山中

木瓜、芭蕉、槟榔树
一道矮墙围住
就是山中的寻常人家

我沿旧公路走到此处
正好敲门讨一口水喝

门扉紧闭，却有一枝三角梅
探头出来，恬淡而亲切
笑吟吟如乡间少妇

同学

他是同学中的弱者，读书时
总是紧紧跟在我后面，我只要一转身
他就可能遭人取笑或欺负
每次我撇开他单独行动时
他总是眼巴巴地看着我远去

二十年过去，听说他仍是社会中的弱者
出差时我顺便去看他
在一家公司的三层楼上
他将自己深深地埋在办公桌里
不时有人过来给他发指示
他就唯唯诺诺频频点头

我要走时，他死死抓住我的手
执意要把我送到楼下
并摸出一些散票要给我付车费
我拦住他，塞了些钱到他手中
说没给侄子买礼物权当红包吧
我上了车，开出很远
回头看到他还眼巴巴地站在原地

长安秋风歌

杨柳青青，吐出自然的一丝丝气息
刹那间季节再度轮回，又化为芦苇瑟瑟

陶罐，是黄土地自身长出的硕大器官
青铜刀剑，硬扎入秦砖汉瓦般厚重的深处

古老块垒孕育的产物，总要来得迟缓一些
火焰蔓延白鹿原，烧荒耗尽了秋季全部的枯草

我曾如风雪灞桥上的一头驴子踟蹰不前
秋风下的渭水哦，也和我一样地往复回旋

一抬头，血往上涌，一吼就是秦腔
一低头，心一软，就婉转成了一曲信天游

春天，我有一种放飞自己的愿望

两只燕子拉开了初春的雨幕
老牛，仍拖着背后的寒气在犁田

柳树吐出怯生生的嫩芽试探着春寒
绿头鸭，小心翼翼的感受着水的温暖

春风正一点一点稀释着最后的寒冷
轻的光阴，还在掂量重的心事

我早已经按捺不住了
春天，我有一种放飞自己的愿望……

妈妈打手机

接到妈妈手机时，我正在开车
有些火急火燎，有些手忙脚乱
快七十的妈妈第一次用手机
说给远在天涯海角的儿子打一个试试
我急忙问：妈妈，没什么事吧
妈妈说：没事，就试试手机
我说好的，就这样啊。小车正在拐弯
我刚想放下手机，妈妈又说：
没事，没事，你要注意身体，不要太胖
我支吾说好的好的，没事了吧？
小车汇入滚滚车流，我有些应接不暇
妈妈又说：没什么事，我们都挺好的
你爸爸也很好，你不用老回来
其实我回去得并不多，但车流在加速
我赶紧说：知道了，你也注意身体
妈妈说：我身体还不错，你爸爸也很稳定
你要照顾好自己，不用为我们操心
我语气加快：好，好，我会的
妈妈又迟迟疑疑说：没什么事了
再忙也要注意身体啊……
前面警察出现，我立马掐掉手机
鼻子一酸，两行眼泪不争气地流了下来

邻海

海是客厅，一大片的碧蓝绚丽风景
就在窗外，抬头就能随时看到

海更像邻居，每天打过招呼后
我才低下头，读书，做家务，处理公事
抑或，静静地站着凝望一会

有一段我们更加亲密，每天
总感觉很长时间没看海，就像忘了亲吻
所以，无论回家有多晚，都会惦记着
推开窗户看看海，就像每天再忙
也要吻过后才互道晚安入睡

多少年过去了，海还在那里
而你却已经不见。我还是会经常敞开门窗
指着海对宾客说：你们曾用山水之美招待过我
我呢，就用这湛蓝之美招待你们吧

寂静

这小地方的寂静是骨子里的
河中流淌的春水，巷子里的青石板
篱笆间的藤与草，墙头跳跃的一只小鸟
……一切，都深深地隐含着寂静

寂静的，还有院子里那个空空的青花瓷瓶
等待着一枝梅或者一朵桃花的插入……

寂静的，还有孩子敲打门窗的声音
——寂静，是被敲打出来的

高处的灯光

诗人住在高高的坡上
孤零零的一栋楼，窗口的灯
一直要亮到凌晨两点……

他也许是这个小城里唯一的诗人
很多人都看得到那盏灯
久而久之成了很多人的习惯
不时要看看他窗口的灯光。一日不亮
他们就会担心他病倒，他们就会去敲门

这已经成为这个小城的一个公开的秘密
大家都在内心惦记着诗人窗口的灯光
偶有外地人好奇地问起，他们就宣称这是本地的大事

爱情的救火员

那夜，他当了一个爱情的救火员
喝着闷酒，还没来得及咀嚼自己的伤心事
就打起精神劝说一对怄气的恋人和好
他明知伤心时喝酒会伤身体
但为营造气氛，还是喝，甚至是灌
既为别人，也为自己

一夜，他唉声叹气了六七次
出谋划策帮着哥们拯救他们的爱情
他自己的爱情却正在逃逸
“爱的人往往得不到，得到的人
又往往不珍惜，还是珍惜已经得到的吧”
他不知是想说服别人，还是想说服自己

都市里的狂奔

在都市里，狂奔会成为一个事件
会成为人们疑问和焦虑的中心

当别的人都循规蹈矩按部就班地
行走、回家或上办公室、走进商场
一个人的狂奔仿佛火车冲出轨道
人们躲闪不及；又仿佛猛然射出的子弹
谁也猜不出会射向哪里，击中什么

一个人的突然狂奔会使旁人本能地驻足
回首或观望，并莫名地感到不安和危险
狂奔，总像是逃命或逃难
抑或是发疯和没来由的冲动
我现在还记得在纽约曼哈顿街头
好不容易眼尖脚快冲过去拦住一辆出租车
年老的黑人司机却不慌不忙回头慢悠悠地说
别急，当心警察怀疑你是逃犯！

我一怔，莫非他一眼看出我像一个都市的逃犯？

中年之悟

人到中年才醒悟：人生乃一场盛宴
酒已斟，菜已上，但大家其实没有什么吃的兴趣
要的只是一个过程和仪式
莺歌燕舞当前，我只需将面前的一杯茶慢慢饮尽
待手头的一支香烟静静烧完

倒是要防范那些意外的伤害
不小心就手指割破，舌头被咬
抑或血压升高，心脏加速
最可怕的还有隐私泄露，小人陷害
生活宛如一团乱麻且将自己缠入其中牢牢缚住
谨小慎微，才是生活的真相与本质

我也不再是烟花般爆发瞬间灿烂
但我有了精雕细琢的工匠的沉着
和足够的耐心，我的耐心如流水
持续且绵延不绝……

四行诗

西方的教堂能拯救中国人的灵魂吗？
我宁愿把心安放在山水之间

不过，我的心可以安放在青山绿水之间
我的身体，还得安置在一间有女人的房子里

安良旅馆

安良旅馆矗立于小镇的一角
每天，年轻人驾着摩托车从门前呼啸而过
火拼在三公里的郊外发生
看不见血，也听不到喊叫声
这里仍然安良，包紧身衣黑丝袜的小姐
会过一个小时就去敲不同客人的房门

老板娘坐在大门口的柜台上嗑瓜子
对一切见惯不惊，熟视无睹
那些红头发黄头发的混小子有时也会来开房
伊收了钱眼皮都不会抬一下
只有伊心仪的镇中学林老师走过时
这妖娆少妇才会咿呀呀迎上去
身子一摇三扭，正经地风情万种

医院

医院像硝烟散尽后的战场
只剩下残兵败将和垂死挣扎者
医院又像零件散乱的身体组装车间
胳膊、大腿、头颅甚至眼球，分拆一地

在这样的地方，呻吟似微雨，悲泣如乌云
亲人的心也一点一点变硬，甚至转身逃走
在寒冷阴森的的月夜
只有秋风会表示怜悯

这正是一个时代的写照：
一个巨型的大医院里
那些被时代列车碾过的残肢断体
独自在角落里小声祈祷上帝的抚慰

城变

十多年前，我搬来此地
窗外，大片的荒草萋萋倍感荒凉
大摇大摆四处横行的老鼠让我发愁

好在荒草的尽头有一条公路
每夜，我站在阳台上
看夜色中无限延伸的公路
和温暖路灯下滑行的长途货车

后来我在此结婚、过日子、吵架
离家出走又回来，中途大病一场
两次升迁，偶尔碰见出没此地的捡垃圾者
和一两条随意散漫的蛇
最让人惊奇的一次，是我和一只野兔乍见之下
互相瞪着眼，最后，它落荒而逃

如今，我坐在窗口看书
轻铁轰鸣而过，我只要抬头
它就在不远处的高架桥上奔驰
仿佛从我的头顶上方直接飞过

眺望

月夜，柳荫测量潭水的深度
洞箫考验着少妇的耐心
在竹影摇曳的阳台下，溪声
消解了对岸杂沓的脚步声……

直至无声无息，直至
眺望也渐行渐远，沿着一条小桥
跟随一条又一条小路……

黔地

荒凉是此地最多的资源
野山野水野果野草，还有野鸡野狗
野兔野牛……我曾在此孤独地徘徊
唯野女人一个也没见到

不过当地有过这样的传说
一对孤儿寡母曾流落此地
无依无靠，却能安然住下
因为此地民风淳朴，人情深厚

一镇的男人将此女照顾
一镇的男人将此小男孩抚养长大

古意

天地不仁，以万物为弃物
将其打磨成一颗颗圆石
藏匿于深山之中
掩蔽于杂草尘土之下

浩荡山风带来的一场豪雨
将圆石一一暴露于地表
每一颗都晶莹发亮熠熠闪光
仿佛埋葬多年重见天日的宝石

小巷深处的哲学

越秀路上，处处繁密的花草气息
热闹也好，隐私也好
无休止的争吵与缠绵亲吻也好
都藏在这曲折幽深的小巷深处

千年前，六祖早就在这里说过：
不是风动，也不是幡动
是你的心动
所以，那些寺庙外的喧嚣与你何干也

北方开阔疏朗无所遮蔽
南方深藏一点禅在茂盛树木之中
真的已与世事无争了吗？
画外音说：不是春光太诱人
是你的心，至今仍未安分

忆岛西之海

有些是大海湾，有些是小海沟
比起东部的海，它们要寂寞许多
大多躲在密密麻麻的木麻黄的背后
要穿过大片的野菠萝群才能发现它们
在被人遗忘的季节里，浪花竞相绽放
一朵又一朵独自盛开，独自灿烂
独自汹涌，独自高潮，再独自消散
若有心人不畏险阻光顾，惊艳之余
还会听到它们为你精心演奏的大海的交响曲
和月光的小夜曲……
如果你愿意一直听到天亮
还会获得免费赠送的第一道绚丽晨光

常熟记

常熟是一个浓缩版的江南小城
兴福禅寺的蕈油面，方塔街的包子铺
热气腾腾地渲染着日常生活的气息
老街的青石板时不时地被高跟鞋叩响
旗袍女子飘过，栀子花香随之洒满一路

尚湖是一片睡在飘拂垂柳之下的绿水
古琴径传云外，数只白鹭悠悠远去
当然，湖水的鲜绿，鱼儿的活泛
还有赖于运河上小船的殷勤穿梭
以及湖边草丛里野鸭子的喧哗折腾

虞山是一座草木朦胧的青山
它的高度，由长江下游堆积的巨石烘托
那枚别在树梢的云霞，是天空褒奖的徽章
最让人肃然起敬的，是在郊外
鸟鸣覆盖之下，沉睡着一些伟大的灵魂

寄畅园中听清响

凌晨，先是大片密集的鸟鸣淅淅沥沥
然后是钟声，随晨曦一道覆盖青林
接着开始有人语响，三三两两

此院匾题曰清响，每当寂静时刻
庭中泉涌，石间溪流，从不停歇
八音涧中，有一泓清水
在岩石与洞穴之间迂回跳溅
浪花击石，演奏出不同的韵律
微云在天空中商量着布景
万物彼此激荡，发出各自声响
丛林里回旋着一曲自然的轻音乐

每天最终的尾声
一定是在深夜，万籁俱寂之后
一滴水声，击破清空
最后一声鸟鸣，仿佛世界圆寂前的暗自叹息

桃花潭

桃花潭是最立体的一个古董
以潭水搅拌古木、青苔和浅草融成
上面还描绘着山水、流云和雾霭
连潭影和摇曳的翠竹也是古色古香的
小心翼翼地捧起来轻轻摩娑时
手心很容易感受到那一条条细腻的微妙笔触

桃花潭是封存千年的一坛好酒
鳜鱼和山笋烧制的佳肴，香气腾腾
喝着这一坛李白未来得及喝完就已醉倒的美酒
我们在万家酒楼上，击掌而欢，一醉方休
咀嚼之后，诗兴消化成为一种剩余之美
在心底蕴蓄发酵，喷吐而出，化为惊天长啸

桃花潭还是自然天成的一个音箱
清晨百鸟啾啾，牛羊哞哞，人声渐起
黄昏，小溪从山间汇入青弋江的寂静
被对面渡江而来的小船的桨声划破……
余音未了，又一条鱼泼剌一声跃出水面
夤夜，终被纷纷坠落的桃花一一消音

神之遗址

仿佛神从大地撤离后留下的遗址
这里处处能窥见神迹，感受神的气息
庄严的寺庙，金刚顶一样藏身其后的雪山
林中激流冲刷而下，让梅花鹿犹豫不前
大风呼啸，经幡飘扬，方塔虔诚竖立

还有男神一样的康巴汉子
脸色祥和美丽多姿的藏族女子
他们都是神的后裔，举止异于凡人
他们身上流着神的血液，继承神的气质
他们走在高原上宛如一道天庭里才有的风景

我们都深信神经常垂顾此地
他们踩着白云随时去来，他们以风显灵
或在冬雪隐匿之后托繁花表达意志
通灵的人总是在瞬间领会，立即策马追逐
高原上到处是寻觅神之身影的春忙景象
人们载歌载舞，发誓要追寻到远方和天边

和父亲的遗忘症做斗争

回忆，是父亲生命延续下去的通道
遗忘，则是愈来愈可怕的一个塌陷黑洞

所以，我要乘高铁不断地回家
一次又一次地提振父亲的记忆功能
和他加速的遗忘症做斗争

在父亲的记忆深处，排在第一的是亲人
因此，他会一遍又一遍地询问儿子们的情况
现在哪里，工作如何，身体可好
然后是孙子、孙女和媳妇们

同样重要的，还有荣誉
每次，他都会搬出他的各种获奖证书
在我面前一一历数人生的辉煌时刻
告诉我每一个证书后面的故事

父亲每隔十来分钟，就会把同样的话题重复一遍
我每回答一次，就会更有信心
父亲的记忆之河还未干涸，还在绵延不绝……

那些无处不在的肯德基餐厅

阴雨绵绵之夜，已经很深了
我没想到肯德基餐厅里收留了那么多的潦倒者
孤独的没有人可以说说话的老人
全身脏兮兮的疲惫不堪的长途旅客
头一沾到桌上就趴下打起轻微的呼噜
还有神情漠然者，手里拿着一杯可乐
两眼茫然而空洞地看着天花板……
这些无处可去者都在这里找到了短暂的休憩之地
没人驱赶他们，服务员只是机械地来回拖着
愈来愈脏的拖把，打扫他们脚下废弃的遗物

像每一个贸然闯入的避雨者，我感动于
这样的城市日常景观，并回想起这样的一个说法
大都市里，两个才十四岁的小情侣能去的地方
就只有离家不能太近也不能太远的肯德基餐厅了
这是一个朋友的小女儿偷偷告诉我的，她还说
她就是这样度过她冗长的少女时代的……

风筝

这个可怜的孤独的老汉
退休后，长年以公园为家
坐在自带的小凳子上
混迹于一帮吵闹的孩子中间
手里牵着一只小风筝，放飞在蓝天上

你走过时
你看一眼天上的风筝
他就看你一下
你才注意到那是他的风筝

三里屯

三里屯的路上，挤满各种求安慰的新人类
一个女孩仰着深醉的脸，扑在男友的怀里
两个白领男眼睛滴溜溜，比百度搜索得还快

优衣库的旁边，经常会有人拦住你
先生，你需不需要这个，需不需要那个
好像你的任何需要，他们都能随时满足

还是躲进一个人的小空间里安全可靠
刷一刷屏，就知道朋友们可好世界还好
如果没有微信，这个大都市将何其寂寞
新人类都将无所事事，被忽视被遗忘
如果美女们不晒她们千娇百媚的靓照
这个夜晚将更加单调、苍白和无聊……

河西走廊的雪

这里是古战场，张掖、武威、嘉峪关的狼烟
这里是伤心地，沙漠、戈壁、玉门关的折柳
我们在此徘徊流连，我们在此涕泪感慨
一次一次地设想千百年前，若自己置身此地
会是一名戍官、千夫长抑或司马
还是一位僧人、胡商或者店小二

数不清多少历史故事与事故在此交替演绎
前方无事，将军夜宴，歌吹日纵横
杀气雄边，沙场鏖战，朽骨几成堆
还有天马东来，丝绸西去
也曾胡姬旋舞，汉使张狂
佛典逐渐传入，驼队无故失踪
盗贼潜伏草丛，家族流离失散……

但一夜风寒，大雪就会覆盖山川大地
最终，是雪白占领了世界
最终，是空无和美赢得了胜利

旅行者

山岩边的青苔，高原的黄土
还有海滩上的泥沙……
这些，都是他旅游鞋上的内容

但从他脸上已看不出什么来了
人到中年，他放低身段，独来独往
经常会将车随便停在路边一棵树下
全然不顾他人的眼光，摊开餐布
饮茶、喝粥，或抿一口酒，然后一走了之

雾的形状

雾是有形状的
看得见摸得着的

雾浮在树上，就凝结成树的形状
雾飘散在山间小道上，就拉长成一条带状
雾徘徊在水上，就是水蒸汽的模样
雾若笼罩山顶，就呈现出塔样的结构
雾是有形状的
是看得见摸得着的

唯有心里的雾啊
是隐隐约约朦朦胧胧的
是谁也不知道它是什么样的形状的
它盘踞在心里，就终年不散
沁凉沁凉的，打湿着一个人的身与心

如果我们硬要说它像什么形状
我们只能说它像谜的形状

夜晚，一个人的海湾

当我君临这个海湾
我感到：我是王
我独自拥有这片海湾
它隐身于狭长的凹角
三面群山，一面是一泓海水
　　——浩淼无垠，通向天际

众鸟在海面翱翔
众树在山头舞蹈
风如彩旗舒卷，不时招展飞扬
草亦有声，如欢呼喝彩
海浪一波一波涌来，似交响乐奏响
星光璀璨，整个天空为我秘密加冕
我感到：整个大海将成为我的广阔舞台
壮丽恢宏的人生大戏即将上演——
为我徐徐拉开绚丽如日出的一幕

而此时，周围已经清场
所有的灯光也已调暗
等待帷幕被掀起的刹那
世界被隔在了后面
世界在我的后面，如静默无声的观众

自白

我自愿成为一位殖民地的居民
定居在青草的殖民地
山与水的殖民地
花与芬芳的殖民地
甚至，在月光的殖民地
在笛声和风的殖民地……

但是，我会日复一日自我修炼
最终做一个内心的国王
一个灵魂的自治者

安静

临近黄昏的静寂时刻
街边，落叶在轻风中打着卷
秋风温柔地抚摸着每一张面孔
油污的摩托车修理铺前
树下，一位青年工人坐在小凳上发短信
一条狗静静地趴在他脚边

全世界，都为他安静下来了

她们

清早起来就铺桌叠布的阿娇
是一个慵懒瘦高的女孩
她的小乳房在宽松的服务衫里
自然而随意地晃荡着

坐在收银台前睡眼朦胧的小玉
她白衬衫中间的两粒纽扣没有扣好
于是隐隐约约露出些洁白的肉体
让人心动遐想但还不至于起歪心

这些懵懵懂懂的女孩子啊
她们浑然不知自己的美
但她们模糊地意识到自己的弱
晚上从不一个人出门上街
总是三三两两，勾肩搭背
在城市的夜色中显得单薄

自由

春风没有禁忌
从河南吹到河北

鸟儿没有籍贯
在山东山西之间任意飞行

溪流从不隔阂
从广西流到广东

鱼儿毫无生疏
在湖南湖北随便来回串门

人心却有界限
邻居和邻居之间
也要筑起栅栏、篱笆和高墙

没有西西不好玩

她一直在西西家的楼下走来走去
妈妈在一旁看着她
她急躁不安，嘟着嘴嘀嘀咕咕
说不好玩，说西西不出来
就一点都不好玩……
妈妈说那你叫她下来呀
她抬头看了看西西家高高的窗户
忸忸怩怩不好意思开口
就一直和自己别扭着

她真是喜欢和西西在一起玩啊
她一看见她，就会安静下来
当然，也有可能更疯

上海短期生活

在尚湖边喝茶，看白鸟悠悠下
到兴福禅寺听钟声，任松子掉落衣裳里
在虞山下的小旅馆里安静地入睡……
一度是我上海短期生活的周末保留节目
和作为一个中产阶级的时尚品牌

美好的时光总是短暂得来不及回味
公路像毛细血管一样迅速铺张
纵横交错地贯穿在长江三角洲
沪常路上，车厢里此起彼落的
是甲醇多少钱一吨
我要再加一个集装箱的货等等
语气急促、焦躁，间以沮丧、疲惫

后来遇到了她
我是悠闲的，让她产生了焦虑
感到了自己生活的非正常
她的焦灼干扰着我
让我也无法悠闲下去
成了一个在长江三角洲东奔西串的推销员

异乡人

上海深冬的旅馆外
街头零星响起的鞭炮声
窗外沾着薄雪的瘦树枝
窗里来回踱步的异乡人

越夜的都市越显得寂廖
这不知来自何处的异乡人啊
他在窄小的屋子里的徘徊
有着怎样的一波三折
直到他痛下决心，迈出迟疑的一步

小酒馆里昏黄的灯火
足以安慰一个异乡人的孤独
小酒馆里喧哗的猜拳酒令
也足以填补一个异乡人的寂寞

撞车

当汽车驰过
金属野兽的轰隆声低沉而浑浊
它大马力的冲击无人可挡
没有肉身能抗住它的轻轻一撞

车撞上狗的一瞬
我身体一缩，心里一紧
疼痛如墨汁在宣纸上渗延
紧急刹车，也无法避免这一切

就像无数次
车替人承受了一撞
车被撞上时的那种心痛
也是一样的，也是承受一种死亡
一种无法躲避的命运
人安然无恙，车却满身伤痕

我又看到了车祸
人倒在地上，鲜血像是染在了衣袖上
那触目惊心的红

真的发生了，反而显得不真实
时间静止，仿佛电视剧拍摄的中场
自行车像是一个摆设的道具
那辆汽车也似乎若无其事
只有那个人，慢慢地瘫软
最后四肢朝天

并不是所有的海……

并不是所有的海
　　都像想象的那么美丽
我见过的大部分的海
都只有浑浊的海水、污秽的烂泥
　　一两艘破旧的小船、废弃的渔网
垃圾、避孕套、黑塑料袋遍地皆是
和我们司空见惯的尘世毫无区别
和陆地上大部分的地方没有什么两样

但这并不妨碍我
　　只要有可能，我仍然愿意坐在海滩边
凝思默想，固执守候
直到，夜色降临、凉意渐起
直到，人声渐稀、潮声渐小
直到，一轮明月像平时一样升起
　　一样大，一样圆
　　一样光芒四射
照亮着这亘古如斯的安静的人间

花坛里的花工

夏日正午，坐在小汽车凉爽空调里的男子
在等候红绿灯的同时也悠然欣赏着外面的街景
行人稀少，店铺空洞，车流也不再忙乱
那埋身于街边花坛里的花工更俨然一幅风景
鲜艳的花草在风中摇曳，美而招摇
花丛里的花工动作缓慢，有条不紊
花工的脸深藏于花丛中，人与花仿佛融在了一起

而花工始终将头低着
深深地藏在草帽里面
他要抵御当头烈日的烘烤
他还要忍受背后淋漓的大汗
一阵一阵地流淌

河流与村庄

一条大河
是由河流与村庄组成的

一个村庄
是一条大河最小的一个口岸
河流流到这里
要弯一下，短暂地停留
并生产出一些故事

杏花村、桃花村、榆树村
李家庄、张家庄、肖家庄
牛头村、马背村、鸡冠村
又在河边延伸出
一个个码头、酒楼与小店铺
酝酿着不一样的掌故、趣闻与个性

然后，
由大河，把这些都带到了远方
并在远方，以及更远方
传散开来

恩河之夜

拉手风琴的俄罗斯老人眼中深藏的忧郁
与那匹站在冰天雪地里一动不动的高贵的老马
　　眸子里的忧郁是一样的

而纤细睫毛上沾着碎雪的女子的银铃似的浅笑
碰碎了凝聚在我紧锁的眉头上的那一道乌云

某苏南小镇

在大都市与大都市之间
一个由鸟鸣和溪流统一的王国
油菜花是这里主要的居民
蚱蜢和蝴蝶是这里永久的国王和王后
深沉的安静是这里古老的基调

这里的静寂
静寂到能听见蟋蟀在风中的颤音
这里的汽车像马车一样稀少
但山坡和田野之间的平缓地带
也曾有过惨烈的历史时刻
那天清晨青草被斩首，树木被割头
惊愕的上午，持续多年的惯常平静因此打破
浓烈呛人的植物死亡气味经久不散

这在植物界被称为史上最黑暗时期的“暴戮事件”
人类却轻描淡写为“修剪行动”

新隐士

孤芳自赏的人不沾烟酒，爱惜羽毛
他会远离微博和喧嚣的场合
低头饮茶，独自幽处
在月光下弹琴抑或在风中吟诗

这样的人自己就是一个独立体
他不愿控制他人，也不愿被操纵
就如在生活中，他不喜评判别人
但会自我呈现，如一枝青莲冉冉盛开

他对世界有一整套完整的理论
比如他会说：这个世界伤口还少吗？
还需要我们再往上面撒一把盐吗？
地球已千疮百孔，还需要我们踩个稀巴烂吗？

还比如，他会自我形容
不过是一个深情之人，他说：
我最幸福的时刻就是动情
包括美人、山水和萤火虫的微弱光亮

例行问话

一年总有那么几次，我迫不及待地
买一张机票，再坐一小时汽车
回到住过十多年的老房子里
探望越来越衰老的父亲母亲

总有一些例行的程序，每天
我坐在客厅的长沙发中间
父亲在左边，母亲靠在右边
眼前是一杯热气腾腾的家乡绿茶

从坐下开始，父亲母亲就交替问话
父亲问得多的是工作，母亲则关心着健康
这都是每次回家探亲的例行问话
反反复复，百问不厌
有时是一两个小时，有时是三四个小时
我总是老老实实坐在那儿一一回答
直到他们站起来去张罗饭菜

自从离开家乡之日起，这样的
例行问话过一段时间就重复一回
而我也从不厌倦，总是定期回家
安静地坐在沙发上，等待着父亲母亲的询问
久而久之在心底成为了一种期待

戈壁滩

戈壁滩寂寞得太久了
听到马达声就竖起了耳朵

直升机空投下一群上海来的女演员
荒野之空旷，震惊了
这一群养尊处优花枝招展的女子
她们迅速地沉默了下来
螺旋桨也停止了转动……

但只是一瞬间，草丛里的小昆虫
按捺不住兴奋跳跃了出来，热闹溅开
她们又开始叽叽喳喳
这些小昆虫是什么时候发配到这里的哦

怪僻的孩子

园丁的儿子，才七八岁
但一看就是一个怪僻的孩子

每天，园丁在清扫花园时
他手拿树枝一个人把单车骑得飞快
院子里的花花草草和虫儿鸟儿
都被他无限的精力和无穷的花样弄得发疯
你会觉得，这个院子其实是属于他的

上午和下午，经常都只有他一个人
主人的孩子，都上学去了
他可以尽情玩耍和随便折腾
这个时候，偌大的院子是他一个人的
但也是空空荡荡的寂寞的

当主人的孩子放学回家或是周末
扔掉书包跳进游泳池里泼着水大呼小叫时
他就销声匿迹，不知躲到哪里去了

诗的危险性在于过于平静

监视摄像器里的那个年轻男子
每天穿戴整齐，白西服白皮鞋
却只是像一个幽灵一样
每天在大街小巷里徘徊
每一个角落都有他的身影
他似乎比谁都忧心忡忡，紧缩眉头
比谁都忙忙碌碌。他天天外出
却永远无所事事，像那种游手好闲之徒
却不喜欢凑热闹，总是孤独一人
在马路上踽踽独行，冥思苦想
写一种叫诗的东西

但就是这样的人，最让安保人员放心不下
他的一举一动都牵引着他们的目光
折磨着他们的神经，考验着他们的耐力
古谚云：愈平静愈危险
他们随时担忧着，不敢有一丝一毫马虎

芙蓉镇后记

米豆腐的芳香弥漫了整个一条街
货郎挑着担子，随着狭窄的青石板路
在吊脚楼下逶迤游走……

田螺店蓝染店老银店竹器杂货店一字排开
汽车声摩托车声叫卖声夹杂着几声打情骂俏
窗外，酉水挂在悬崖上如一匹白布
飞瀑轰鸣着冲到很远的地方孤独地回响

镇上的人都说：姜文那一年还是愣头青
而刘晓庆，早已风情万种
我想这就对了，愣头青
也只有美艳少妇才能收服裙下

疏淡

冬日疏淡的几笔
速写的华北平原的一个小村落
细雪还沾在杂乱的枯草间
乌鸦还散复聚，聚拢
是集体停落在一棵瘦树之上
散开，是稀稀落落的几栋房子

背景永远是雾蒙蒙的
或许也有炊烟，但最重要的
是要有站在田梗上眺望着的农人

虚无时代

虚无党在全球暴动，手势所指
从伦敦到纽约，从欧洲到美洲
新的布拉格之春在资本主义的中心发起
演变为手机短信、推特和微博的起义
没有口号、没有目标也没有组织
闪族重演呼啸而来呼啸而去的行动
只有汽油瓶、蒙面和肉体之躯
暴走族世家在全城的所有街道奔突
一场无所事事的青春的本能的力必多革命
潜伏着被剥夺的愤怒和造反的冲动

我，一个遥远的海岛上的东方人
因对世事的绝望和争斗的厌倦
转向山水、月亮和故乡的怀抱
但我也有隐隐的担心，在新的大跃进中
青山会不会被搬迁，月宫是否终有一日拆除
而每一个人的故乡，似乎都正在改造之中

隐士

隐士，就应该居住在像隐士藏身的地方
寻常人轻易找不着
在山中发短信，像是发给了鸟儿
走路，也总有小兽相随

庭院要略有些荒芜杂乱
白鹅站立角落，小狗挡住大道
但满院花草芳香四溢
宛若打开了一大瓶香水

然后，就像你所知道的
房子在水边，船在湖上
而那些不时来探访隐士的人
心，飘到了云上

佛山

夜雾中，前方高处浮起一个灯火辉煌的物体
我们仰头看了很久，才明白那是光明顶
但另一处被我们误认为是寺庙的所在
原来是一团半月，在雾海里若隐若现

我们在山上的小茶馆里喝茶、聊天、听黄梅戏
另一群人则在宾馆里饮酒、打牌、讲黄段子
在这非人间的世外桃源似的佛山上
商店、发廊与喧哗、叫卖一应俱全

但半夜我们走过大悲寺时
抬头看见山顶有灯，一盏、两盏、三盏……
佛法如灯，一灯可燃千灯明
那一瞬间，我们全都驻足，屏气息声
每个人心中的那盏灯也被依次点燃

石梅小镇

云朵，停留在小镇的上空
慵懒，也停留在了这里
我们停留下来，就把心弦系在了岸边
我们停泊在这片海湾，就像倒在了美人的怀里
谁还愿意去漂泊四方

这山和海之间的小镇啊
仿佛一座古老的植物园
槟榔长在路口，剑麻开满后院
重重叠叠的香蕉林啊，占领了全镇的领土
它们还将去攻占高高的山坡

我们躺在一张吊床上
在一棵椰子树与另一棵椰子树间晃荡
偶而睁开眼睛，就看见少女曼妙的身影
在林子深处一闪，就消失了
随之消失的还有一双明亮的眸子

云朵，还停留在青皮林的上空
鸟群，也停留在了这里
我们曾经和飞鸟是同一家族
但如今再也不愿意到处寻觅奔波
只想停栖在这里，在一片蝉声中休憩

夜行

我们这一列深夜出行的队伍
坐在雪橇上，像一支黑暗中秘密行动的小分队
向着灯火依稀的小镇出发

马蹄声声，敲击着冰冻的路面
仿佛队列行进的古老的节奏
马打着响鼻，呼出的热气在寒冷中迅即蒸发

马有的快，有的慢
快的马碰到前面的雪橇，就自行刹住
马背上的毛沾着细碎的雪屑
在昏暗的马灯下晶莹闪亮

天空是鹰的帝国，此时沉寂
但安静中积蓄着一种爆发力
果然，蓦地一只黑鹰不知从何处射出
姿势优美有力，似乎被派来和我们抢速度

地下到处是冻硬的马粪
我相信如果捡起来掷出去
它的力量一定硬过石头
在古代这肯定是最好的冷兵器

但这刻我们忍受寒冷的能力已接近极限
我们全都袖着手缩着头，比赛着沉默
无心周边的景物，没有了任何争胜之心
我们急切地期盼的只是
尽快赶到最近的一户人家的炉火旁

夜深时

肥大的叶子落在地上，触目惊心
洁白的玉兰花落在地上，耀眼眩目
这些夜晚遗失的物件
每个人走过，都熟视无睹

这是谁遗失的珍藏？
这些自然的珍稀之物，就这样遗失在路上
竟然无人认领，清风明月不来认领
大地天空也不来认领

海上小调

海风吹着船，船上很多床
船就是一张大床
在波浪之中摇晃
海浪声如同催眠曲
深夜坐船的人难以入眠

深夜坐船的人
无论怎么看都像是一群逃难者
感觉是被从陆地上放逐
在茫茫大海上，心神不宁
眼睛总是搜寻着点点渔火
抑或一盏灯、一个岛屿和海岸线

凡是深夜流落过的人都知道
宁要一张安稳的床
不要一条动荡的船

鄱阳湖边

丘陵地带，山低云低
更低的是河里的一条船

丘陵密布的地带
青草绵延，细细涓流
像毛细血管蜿蜒迂回
在草丛中衍生
房子嵌在其间如积木
人在地上行走小成一个黑点

偶尔，一只白鹤从原野缓缓上升
把天空无限拉长铺开
人不可能高过它，一只鹤的高度
人永远无法上升到天空

我头枕船板，随波浪起伏
两岸青山随之俯仰

孤独乡团之黑蚂蚁

每一棵榕树都是一片林子
　且相互连接而自成一座森林
鸟儿栖息其上，长须飘拂而下
偌大的绿荫冠盖将孤独也掩埋其间

唯有那株细长的槟榔树站在不远处
不肯靠近，它们不是同一种类型
它茕茕孑立，显得孤单而自负

每一座岛屿就是一个孤独的乡团
散落在这一片云水茫茫的海天之际
海水将它们相互隔绝又相互守望
那些穿梭其间的鱼群与帆船与它们毫不相干

月亮是那最小的一个孤独乡团
但它与这些岛屿不在同一个平面
它总是游离向更遥远更浩瀚辽阔的太空

但那些遨游宇宙的星球其实也是孤独的
就像老榕树树干上爬行的小蚂蚁一样
又黑又亮触目惊心

暮色

炊烟，指示着家的方向
游子千里迢迢从异乡归来
青山隐隐，步履急切
当晚钟惊起飞鸟时
逾近，眼底愈是迷茫……

暮色，恰是最古老的一抹乡愁

老年

老年，总是处于半回忆半倾诉的嘟哝之中
偶尔会有猛地迸发的惊人清醒

隔着雾气腾腾的茶杯，我陪着父亲闲聊

父亲近来对当前之事越来越迷糊
对遥远的事情反倒记忆清晰如数家珍
——也许，那些确是时间仓库里的财富

“那一年，去朝鲜战场送兵，几十辆大卡车
我在最前面押车，中途休息时
认识一位也是押车的老乡，聊得熟了
他说我很划得来，后面的都得吸灰尘
他就老咳啊咳。我很同情，就和他换了
……结果，前面的卡车被美国飞机炸掉了”

父亲停顿了一会，接着说：
“他代替了我死，我代替他活了下来”

说完，父亲脸上闪过一丝瞬间历尽沧桑的平静
我杯中的热茶也正冷下来……

水府白鹭

水之府第，最高首长是一只白鹭
每临黄昏，要最后一次巡视自己的领地

青林雾霭间，升起几缕炊烟
竹林小路通向每一座院子
桂花香，会趁主人不注意时
偷渡到别家迷蒙的情境里
吊桥在晚风中轻轻摇动，安抚着小岛
渔船上，人们安居乐业，生火做饭

薄暮里，有一个人在岸边垂柳下坚持垂钓
白鹭往下看了一眼，开始打道回府，收工

深夜一闪而过的街景

深夜十二点，在一个偏僻的街角
浓密阴暗树荫下，七八个男子
围拢，其中一个挥手在打
一个瘦小的女孩
女孩边招架边后退
……

我开车路过，瞥见了车窗外的这一幕
按捺不住心头的怒火
在下一个路口立即掉头返回
拎着车头钢锁准备去制止
却见刚才的树荫下
空无一人

只等一声令下

下午四点，天空就开始慢慢暗淡起来
我打开房间所有的灯
暴雨就要来临
在大地干枯闷热了半月之后
在人和动物的干渴接近临界点之前
终于有了一丝风雨的消息

蜻蜓激动得四处奔走相告
但风还在克制，草木也没有迹象
窗外漆黑一片，不见人影，动静皆无
可是我们心底都全已清楚明白

只等上天一声令下
就会狂风大作，大雨倾盆

呀诺达之春

春雷惊动了一只蜥蜴
在呀诺达，春风也吹醒冬眠的壁虎

由一点嫩芽开始起义
花苞乍放，叶子一片一片舒展
青苔大面积渲染
春色漫山遍野地扩张
在呀诺达，青蛙正鼓噪绿草的暴动

我那乱撞乱跳的心啊
在呀诺达，安静如一只小鸟
包裹在原始森林的一团浓荫里

半山

石马铜牛的幽深处
只有三两声鹧鸪相呼应

我逐级登高，满耳开始灌满蝉声
满目全是老人，三五几个各自分散

寂寥的古木旁，半山的空亭子里
他们对路人毫不关注，仿佛只是在云游
目光木然，他们沉浸在太极和自己的心事里

或坐着或站着，他们都不做声
在苍茫的暮色中，他们静默又仿佛有所等待

为什么老年才寻觅这么幽美的栖身之处呢？

鹦哥岭

鹦哥岭上，芭蕉兰花是寻常小景
鸟啼蛙鸣俨然背景音乐
每天清晨，松鼠和野鸡会来敲你的门
如邻里间的相互访问

作为一名热衷田野调查的地方志工作者
我经常会查阅鹦哥岭的花名册
植物谱系在蒲桃、粗榧、黄花梨名单上
最近又增添了美叶秋海棠和展毛野牡丹
动物家族则在桃花水母、巨蜥、云豹之外
发现了树蛙和绿翅短脚鹎

而观测室里也记录了鹦哥岭近期的两件大事
一件是十万只蝴蝶凭借梦想飞过了大海
另外一件是二十七个青年挟着激情冲上了山顶
下山时几支火把在漆黑的山野间熊熊燃烧

渡

黄昏，渡口，一位渡船客站在台阶上
眼神迷惘，看着眼前的野花和流水
他似乎在等候，又仿佛是迷路到了这里
在迟疑的刹那，暮色笼罩下来
远处，青林含烟，青峰吐云

暮色中的他油然而生听天由命之感
确实，他无意中来到此地，不知道怎样渡船，渡谁的船
甚至不知道如何渡过黄昏，犹豫之中黑夜即将降临

夏天的到来拯救了我

一个雨季我都陷在迷茫里
绷着脸，不笑，经常不由自主地发愣
面对一堵青墙也会出神
整整三个月，我都不爱和谁说话
长发邋遢地在细雨中的大街上走来走去
我和梅雨季比赛哪个闷得更长久

但是夏季的到来治好了我的忧郁症
丽日蓝天让愁郁无处躲藏
清风和爽扫除了阴翳
夏天彻底缓解了我的神经紧张

是的，夏天的到来拯救了我
短发，也使我显得精神了不少

第一次感受离别的悲伤

清晨的机场，大厅里熙熙攘攘的人流
送客的亲友紧随着出行的长队
青年男子叮嘱着母亲：进去找不到登机口
就问工作人员，找不到座位就问空姐

男子手上抱着一个三岁的男孩
三岁的孩子还不懂人世的离别
父亲和奶奶唠叨时，他迷迷糊糊地
还未从昨夜的睡梦中完全醒来

送别的人群终于被栏杆隔离
奶奶喊着孙子的乳名，和孙子道别
男孩子猛然惊醒，机械地挥动小手
奶奶在远去，孩子咧开嘴巴胡乱送上飞吻

奶奶喊着孩子的乳名说要听话啊
男子叮嘱母亲要认准登机口
这一幕亲情打动着旁观的我
男孩长相平平，那一瞬间却格外可爱

但我没有意想到的是：
正面冲着奶奶呵呵直笑的男孩
一扭头趴在父亲肩上泪流满面
继而克制不住嚎啕大哭
哭声震动了整个机场大厅

孩子啊，你以后就会逐渐知道
这第一次感受的离别的悲伤
在懵懵懂懂之中突然完成
在此后的人生中还会不断地重演

蛇的怨恨

高楼大厦之间尚余一处亭台楼阁
微缩版的江南庭院，浮于水上
深密的竹林藏着幽暗的风景

我们信步游览，摇着纸扇
不自觉地模仿着古代的步伐
脚底突然一惊，心下一凛
眼前一条小蛇被压扁在马路上
汽车轮子轧过的痕迹清晰可见

蛇头高昂，这是本能的反应
恨不能伸头一口咬断袭击者
但恨意未除，就已命丧无名之物
被烈日暴晒风干为一具冤死的标本
又经雨淋，尸体仍盘旋在自家地盘上不肯腐烂

怨恨是一种毒气，渗入了此地的空气
飘散于每一个窗口，相互传染
多少冤死的生灵，仍在世间弥漫
时代的角落里蓄积的幽怨之气，殊难消除

郊外的湿地

春天禁锢不住，破城而出
寻向郊外的湿地，青和绿交替
——一路点染树梢

于是春色弥漫，春水泛滥
然后化为静水深流
最后，永驻于这一片湿地

若你无意到此，且足够细心
就会发现：水中飘拂的草藻
　　与岸上摇曳的青草相映
——但它们其实是不一样的
一是为流水细分
一是因春风吹拂

七仙岭下

每一处山水有每一处山水独自的气息
这里就散发着不一样的山色、树色、淡淡的雾霭
炊烟和热气腾腾的温泉蒸汽也难以分清……

槟榔树下，小孩子几分钟就爬上云梢
芭蕉深处，一群蝴蝶一直尾随着我们到了黎家
我们的鞋子因一路野花的洇染以致变换了颜色
如果雨林再稀疏一些，清风还会荡出更不一样的美

但所有的惊艳都比不上溪边邂逅的那个黎家小阿妹
她爱笑，却总抿着嘴，不露齿
天真与娇羞交替闪现，脸似含露的晨荷
低头的刹那，她黑黑的长发瀑布一样垂落

她家的园子后面就有一泓温泉
每一个月夜她都要在里面泡上一个时辰
她细嫩的皮肤、苗条的身挑，以及一副好性情
就这样慢慢养成

老火车之旅

深夜，昏暗的车厢里
老人的呓语声和中年人的酣声
压过了铁轨的轰隆声

我仿佛从未坐过如此漫长的火车

我的脸睡去，我的嘴还醒着
它还在制造着口水
我的屁股睡去，我的手还醒着
它向不可知的地方摸索

最关键的是，我的身体睡去
我的心还醒着
他还想拥抱一个未曾实现的梦

文成的青山

河边小酒楼里，我端起酒杯，将薄酒倾洒地上
向四周的青山表示敬意。恍惚之中
梦里无数次出现过的青山，浮现眼前
我不能相信，睁大眼睛，看了又看
确信这不是醉梦，就像我不是青山的倒影

那些青山再一次浮现时，重重叠叠
青山之上覆盖白云，青山之间小溪盘旋
两岸野草疯长，松鼠机灵地跳上
悬崖间的树木，亭子和庙宇长在岩石上
一位僧人，正一级一级台阶往上爬

即使喝了酒，我仍清醒地知道这里不是故乡
但又为何如此熟悉，莫非我前世到过此地
此刻，青山正凝视的那个人
——那个端坐在酒楼上的人是我吗？
还是那个低头前行的僧人是我？
抑或，是那个垂手站立桥上看风景的第三者
是我？！

雨后

雨后，大队蚂蚁出来觅食
它们倾巢而出，早已饥不可耐
仓库里储存的粮食已经所剩无几
它们成群结队，密密麻麻，又黑又亮
占领了草地、小路和泥坑
它们雄纠纠气昂昂，跋山涉水，远近搜索
路上忙碌着一长列络绎不绝的蚂蚁大军

而人的辛苦是另外一种
在长椅上坐久了，需要再添一件外衣
林中风仍很大，皮肤有一点点凉
水汽和雾气还在树丛间氤氲缭绕
人呆得长发都披散开来，眼神也恍恍惚惚了
在若有若无的怀想里
数着树上到底结了几颗椰子

突然，一片落叶掉下
像石头一样砸在蚂蚁大军的队列中
惊起一片混乱，蚂蚁们不知所措地探头探脑
令蚂蚁大军的行进短暂地中止

落叶也砸在树下吹风者的寂静和叹息里
令她绵绵不断的怀想停顿了两分钟

一个男人在公园林子里驯狗

一个男人在公园林子里驯狗
指挥狗在草地上蹦腾，扑向那些纷落的叶子
老叶子 新叶子 簌簌而落
老叶和新叶叠加在一起
有一种奇特的新与旧、浅与深的景致

日复一日 西风吹人瘦啊
孤独也在日甚一日地加深

在日复一日的寂静与寂静之间
一片叶子落在了男人的衣服上
仿佛自然的缀品随意地粘贴其中
又仿佛时光的勋章披挂在他身上
后来，又有了第二片、第三片……
三角的、五角的……新的、旧的……
浅绿的、深绿的……

在寂寞与寂寞之间，男人也不掸开
他就戴着这些自然的饰品和光荣的勋章
回到了他独自一人隐居的洞穴
深藏在都市某个角落的洞穴
和他的狗一起安然度冬

当春天他再次回到林子
梅花鹿跑过来迎接他，蝴蝶围绕着他飞来飞去
小鸟也不再惊慌失措地躲开

连鸽子也不怕他，扑楞楞地绕着他转圈
他的狗对这一切也毫不惊奇 不再吠叫
跑来跑去地驱逐

从此，他就真的融入了这一切
白天他继续驯狗 晚上则隐入都市深处
他离群索居 不再被同类关注
他好像成为了自然的一部分
全身披挂树叶 成为了公园林子的一部分
人们对此见惯不惊 久而久之视而不见

就这样，他和他的驯狗成为了公园林子里的一部分
自然的一部分，仿佛自然中的一幅静物

夏日的星沙小镇

我在夏日到过星沙小镇
对此地印象最深的有着两处

一是台阶下蟋蟀整夜深情的鸣奏
到凌晨就停止了
我知道这不是偶然
是此地的一片美意
让我这寄寓小旅馆的外地人不感到寂寞

二是淅沥的小雨总在我午睡时才来临
这样就不耽误我上午去办事
它还和着街边小溪的清响一道
宛如轻盈的催眠曲，伴我入睡
对于一个困于闷热之中的焦虑的城里人
那午后清新的空气又是一帖清凉的安慰

台风天

台风天，人们如困在笼中的野兽一样焦虑
铁路公路轮船飞机都停了
海南岛成了一座孤岛
四面大海，飞溅的浪花拍打着礁石
每一个人都感到自己被抛弃
被上帝丢弃，像无人领养的孩子
惶惶然不可终日……

人们只能在狭窄的房子里守着电视
在黑暗中盯着手机烦躁地反复刷屏
窗外张牙舞爪的树枝，扫荡着高墙
一下，一下，又一下……

而我在暴风雨中酣睡
一副彻底沉入另一个世界的表情
一阵又一阵对于世事不管不顾的响亮鼾声

山中小雨迷谁人

山中的小街，总是飘着一些小雨
像电影里那样冷清寂寥
像小说的描述，诡异神秘
像传说中那样，只有七八家小店
四五个铺面，却隐居了三位侠客
两个高人，和一个隐名埋姓的
曾经的汪洋大盗

像所有的故事里的核心
这里还有一位貌美如花的年轻老板娘
她不知犯下了怎样的滔天大罪抑或
遭遇了怎样的惊险变故
来到了此地，甘于寂寞
大部分的情节
就围绕着她戏剧性地演绎

我是一个到此地短暂居住的过客
我也心中暗恋她的美丽
但我从未想过成为男主角
始终只是一个旁观者和局外人
看那些好汉为她绞尽脑汁使尽手段
直到有一天，我带走了她
彻底离开了此地，消失在人海之中

在关于此事的各种版本中
只有我的形象是固定不变的：
一个被山中小雨迷住的诗人
一个在山中小雨里迷茫的诗人

暴雨

城市先是被云压弯了
云层层叠叠，越来越厚
压下来，城市不堪其重
巨人般的高楼矮下身来
最后缩成一团

城市接着被雨摧毁
暴雨如注，三天三夜
天空轰炸机向大地倾倒雨水炸弹
把城市炸得千疮百孔
树一棵接一棵倒下
烈士般前赴后继
再也未能站起来

人心，柔弱如一根芦苇
被倾盆暴雨压垮了

江湖

他再一次返回，只不过是为了证实
为了心安，结果，他被急冲出来的黑影
和门反弹击中，不疼
却敞开了怀疑已久的另一个黑洞

预感，有时侯不一定准确
但墙角突然出现的那个人
或许早就在暗中跟踪、窥视
经常会出现这样的情况
不知何时、何处，突然冒出
一些行踪诡秘的奇怪的陌生人

那是要发生一些什么的迹象吗?
江湖风险，但兄弟情深
出门多风雨，归来时
还有一杯散发热气的浓咖啡等着

仲夏

仲夏，平静的林子里暗藏着不平静
树下呈现了一幕蜘蛛的日常生活情节

先是一长串蛛丝从树上自然垂落
悬挂在绿叶和青草丛中
蜘蛛吊在上面，享受着这在风中悠闲摇晃的自在
聆听从左边跳到右边的鸟啼

临近正午，蜘蛛可能饿了，开始结网
很快地，一张蛛网织在了树枝之间
蜘蛛趴伏一角，静候猎物出现
惊心动魄的捕杀往往在瞬间完成
漫不经心误撞入网的小飞虫
一秒钟前还是自由潇洒的飞行员呢
就这样不明不白地成了蜘蛛的美味午餐

前者不费心机
后者费尽心机
但皆成自然

雪国

雪创造的世界，也被雪辖治
飞鸟被雪藏了，猛兽也是
连鸟鸣也消失在丛林里
整个世界都被霸道的寒冷专制禁锢
连院子里的一丛杂草，也凝结成了一朵冰花

被雪藏的还有城镇、村落
以及人的踪迹和喧哗的声响
但有两匹马不知从何处突然奔跑出来
马蹄踩踏得积雪和冻土吱喳做响
群犬大吠，冲破寂静的清晨

只有每一间小木屋屋顶缓缓飘散的炊烟
以及从山那边逐渐呈现的朦胧晨曦
证明着这里还有人的气息与动静
证明着这个世界仍然还有生活、自由与美

朝圣

一条小路通向海边寺庙
一群鸟儿最后皈依于白云深处

隐居

晨起三件事：
推窗纳鸟鸣，浇花闻芳香
庭前洒水扫落叶

然后，穿越青草地去买菜
归来小亭读闲书

间以，洗衣以作休闲
打坐以作调息
旁看娇妻小烹调

夜晚，井边沐浴以净身
园中小立仰看月

中秋

梦中，从故乡大宅深处传来的一声呼唤
惊醒了远在异乡小旅馆里的我
哦，又是中秋了，天气已凉
秋风迢递，沿着故乡大宅前的那条青石板路
走了很远，很久，才走到小旅馆的窗前
蛰伏心间的陈年往事一一苏醒：
明月、流水、树影、花魂，还有风中站立的
穿蓝花布衫、垂小辫的邻家小妹……

——桂花冰糖莲蓉的月饼
是我的最爱

春夜的辩证法

每临春天，万物在蓬勃生长的同时
也在悄悄地扬弃掉落一些细小琐碎之物
比如飞絮，比如青果
这些大多发生在春夜，如此零星散乱
只有细心的人才会聆听
只有孤独的人才会对此冥思苦想

野猫

它原本是一只家猫
老人走后，它就流落在外
但它总也不肯远离这院子
总在这附近留连徘徊

每个黄昏，这只猫
都要跳到这条长椅上坐一会
主人在的时候，每个傍晚
它都是和主人在这条长椅上度过
她看书或叹气，它则安静地
蹲在一旁发愣或打盹

几年过去，它还保持着这个习惯
院子里的人也习以为常
它不受打扰地坐在那儿
仿佛老人还在，仿佛
老人的亡灵短暂重返
它要陪她一会儿……

摩的司机

摩的司机是一位血气方刚的小伙子
他的车后正好坐上了妖娆多姿的妙龄女郎
能不在车流里左闪右突，横冲直撞
女郎低低的惊叫让他心里很受用

但在接过娇嫩玉手递过来的五元车钱时
他满脸的青春痘都充血，胀得通红

海岛之夜

常想起那个夜晚
天上有星光，海上有渔火
你坐在椰树下，吹着海风

微明的天光照着你有些黝黑的脸庞
而你年轻丰满的身体
比早熟的芒果更芳香诱人

这就是我关于那个海岛的印象
后来你离去，美丽的海岛也渐渐消失
只有一只小夜曲还在悠悠缭绕
久而久之回旋沉淀为我心头的一座小岛

玉蟾宫前

一道水槽横在半空
清水自然分流到每一亩水田
牛在山坡吃草，鸡在田间啄食
蝴蝶在杜鹃花前流连翩跹
桃花刚刚开过，花瓣已落
枝头结出一个又一个小果

山下零散的几间房子
大门都敞开着，干干净净
春风穿越着每一家每一户
家家门口贴着“福”字

在这里我没有看到人
却看到了道德，蕴涵在万物之中
让它们自洽自足，自成秩序

落叶之美

落叶有一种说不出的美

它落在车上，有一种装点之美
它落在泥地上，有一种哀怜之美
它落在草上，有一种映照之美
它落在溪水上，有一种飘零之美

如果，只是一片落叶
落在了一块石头上呢？

鸟的迁徙

冬天，海岛上
人多了，鸟也多了
人是为了避寒
鸟却是因为觅食

鸟的迁徙
一点也不亚于人的迁徙
往南的天空
和往南的道路一样拥挤不堪

那么多的鸟在天空忙碌着
那么多的人到了冬天
却在地上无所事事

当然，也有一些人到了冬天还忙忙碌碌
鸟最终为食亡
人则为财死

圣米歇大街的下午

巴黎，圣米歇尔大街幽黯的小楼上
冬天下午，暧昧的灯光下
一个男人和一个女人
一具肉体和另一具肉体
紧紧地抱在一起取暖和安抚

这是乱世，当他们停止呻吟和叫喊
安静的间歇，窗外传来一阵
　　又一阵警车的呼啸声
而她轻轻的一咬
几乎使我灵魂出窍

河季

河流也有自己的丰水季或枯水季
还有自己的高涨季和低迷季
我在这条河边生活十多年
已把她的脾性摸得一清二楚

水深时，她像丰满妖娆的妇人
水面开阔，水流汹涌激荡
热情地漫过滩涂、庄稼和沃土
两岸草木茂盛，幽深厚密得
可以藏下任何动物野兽

水浅时，如清纯妩媚的少女
水清见底，水流也是怯生生的
缓慢而矜持地迟疑着向前试探
似乎她对自己的流向有些迷茫
被不由自主地带向了浩浩荡荡的大海

青海的草原上

连绵不绝的清风啊
　吹拂着连绵不绝的白云
连绵不绝的白云啊
　追逐着连绵不绝的羊群
连绵不绝的羊群啊
　寻觅着连绵不绝的歌声……

整个草原上，只放牧着一个孤独的牧羊人

绿翠鸟

绿翠鸟，大自然美丽迷人的宠儿
闪电一样的杀手，独自栖止在枯枝上
姿态永远保持着优雅，它的眼睛
可以穿透水面，让鱼无处可逃

但水有时是一个迷阵
混乱着鸟的视线，鸟所看准的鱼
其实不在它确认的位置上
水的光线度和空气光线度的细微差别
会使鸟的瞄准发生偏离
绿翠鸟再快再凶狠
出手总有偏差，难以百发百中

鱼也有自己的天赋能力
它会本能地感知危险的逼近
水压的轻微变化让它极其敏感
鸟扑向水的一瞬间
鱼已迅速闪避

就像所有猎手与猎物之间的游戏
残忍但也总有意外闪失
就这样，鱼繁衍了下来
弱者的繁衍力总是更强，成群结队
鸟也总能捕获笨拙大意的新手
它迅速冲下一口咬住再吞进嘴里的动作
连贯而优美，就像那些个风度翩翩的绅士

一对夫妻

他是好脾气的男人
她则是坏妻子，每天吵吵嚷嚷
高调宣称要远走高飞，可出门不过二十分钟
逛了两个商场之后，又让他来接
还怪他故意慢吞吞

二十年过去，岁月在熬白他的头发的同时
也摧毁了她姣好的面容
所以，他们至今还在一起
被称为模范夫妻，一起买菜，一起散步
仍然吵吵嚷嚷，互为影子

春光

只要享有这明媚春光
我就算不上一个精神上的穷人
即使只是一个柳下小径间茫然徘徊的落魄者

只要拥有这满庭桃花
我就是一个物质世界的富有者
虽然不过是坐在春风中低头饮茶自吟自歌

反对美的私有制

在公有制时代，美也是公共的
她总会坐公汽，总会在公众场合露面
她的美坦荡，落落大方，气质高雅
只要你有心，总能与美邂逅，将美寻觅

而在一个私有化时代，美遮隐不见
她居于深庭高院，出入有专车
交际在私人会所，她被私吞藏匿
你再也闻不到一丝芳香，看不到一点美人踪影

三角梅小院

三角梅占据这个院子的中心
清风则是这里的特色

在这海边的小院里
绿叶和青藤从海滩一直爬到墙角
码头从小院直接伸到海中央
海风清爽啊，小弟砍椰待客忙
我躺在一张吊床上晃晃悠悠

在辛苦忙碌了一天之后
这是上天给我的最好的恩赐

远望

天空含着一个古老的月亮
我含着一颗怀乡的心
在恍惚之中隐约望见：

山路上，父亲头顶着月亮
在前面走着
我跟在后面，拖着长长的瘦小的影子

老女人

春天一来，男人就像一条狗一样冲出去
吃了壮阳药一样冲出去
趴在别的女人身上喘气、喊叫
深夜，又像一条狗一样回来
软塌塌的，倒在床上就鼾声响起

老狗刚回来，小狗又急吼吼地冲出去

她坐在黑暗中，像巫婆一样
洞穿一切，一言不发

探亲记

春日的和风温煦，清晨的阳光温柔
长沙往西三十公里是我们的目的地
下了省际公路，还要绕过一小座青山

在一片水田与另一片水田之间行走
田里的禾苗刚插，水里的蝌蚪还小
最显农家匠心是水田的一角再挖个小池塘

一汪清水里养着几条草鱼、鲢鱼和鲫鱼
一面镜子里反映着天上的美丽
我们觉得一切似曾相识又好像从未见过

对面农舍的小狗一听到脚步声
就冲上山坡冲着我们狂吠
下面的狗一叫，上面的狗也叫

叫声中，五六家散落各处的农舍渐渐清晰
狗叫声此起彼伏，空气也显得有些异样
我们的后背微微渗出了细汗

路边的树阴给了我们三分钟的清凉
正午的鸡叫又加重了闷热难耐
进退两难中迎面而来两头低头走路的水牛

牛背后还跟着一位老人和他可爱的孙女
牛眼看人时，我们也已经认出这小学同学的父亲
老人邀请去家里喝茶的殷勤，像杨柳又吹来了清风

“真的连茶都不喝一杯？”
“不了，我们还要赶去白若铺。”

旧年

下班了，他带关门
就像把旧年关在了门后
这是一年的最后一天
每一个动作都像是一种暗示

倒掉茶杯里的水
就像将旧事洗净
和同事说再见
似乎是和故人告别
顺便翻一遍旧台历
有点像重温过去的三百六十天
然后再将台历扔进字纸篓里
就像将过去的一切彻底丢弃

从空荡荡的大楼走出来
他黯然地走到树下
在幽暗的阴影下站了一会儿
现在让他唯一放不下的
就只有和她的事情了
欲断未断，欲了未能……

确实，其他的一切都过去了
旧年的饭局，旧年的娱乐，旧年的故事
旧物藏进箱子，新的一页即将掀开

只有这一段旧情，还是继续到了新年

百年新诗的历史意义

李少君

2017年是中国新诗诞生一百周年，这个时间确定，是从1917年胡适在上海出版的《新青年》杂志开始发表新诗算起。因此，今年的上海书展，借机设立了首届上海国际诗歌节，同时就中国新诗百年举办了“世界诗歌论坛”。而此前，全国各地也已陆续举办过各种纪念新诗诞生百年的研讨会、论坛及诗歌活动。“百年新诗”无可争议地成为2016年最火的热词之一。

百年新诗，客观地说，已取得了相当大的成就，但也意见纷纭。早在20世纪30年代，新诗诞生十五年之际，鲁迅就对当时的新诗表示失望，认为中国现代诗歌并不成功，研究中国现代诗人，纯系浪费时间，甚至有些尖锐地说：“唯提笔不能成文者，便作了诗人。”而鲁迅在留日时期写过《摩罗诗力说》，对诗曾寄予很高的期许：“盖诗人者，撄人心者也”。21世纪初，季羡林先生在《季羡林生命沉思录》一书中，也认为新诗是一个失败，说朦胧诗是“英雄欺人，以艰深文浅陋”。甚至以写新诗而著名的流沙河，也认为新诗是一场失败的实验。当然，声称新诗已取得辉煌的也不在少数，有人甚至认为中国当代诗歌已走在同时期世界诗歌前列。

我个人对此抱着相对客观超脱的态度，觉得应该要放到一个长的历史背景下来看待新诗的成败得失。我一直认为冯友兰先生的一段著名的话，特别适合用来讨论诗歌与中国文化的关系及理解新诗与旧诗，那就是他在《西南联大纪念碑文》中说的：“我国家以世界之古国，居东亚之天府，本应绍汉唐之遗烈，作并世之先进，将来建国完成，必于世界历史居独特之地位。盖并世列强，虽新而不古；希腊罗马，有古而无今。惟我国家，亘古亘今，亦新亦旧，斯所谓‘周虽旧邦，其命维新’者也！”这段话的意思是说，无论是从国家的层面上讲还是从文化的意义上衡量，居于现代层面的“中国”来源于“旧邦”的历史文化积淀，但它自身也存有内在创新的驱动力。不断变革、创新，乃是中国文化的一种天命！这种“亦新亦旧”的特质同样可以应用在我们对“五四”以来新文化新文学、特别是新诗的理解上。

讨论这个问题，首先要从诗歌在中国传统文化中的地位谈起。孔子曰：“不学诗，无以言”，“诗”是“言”的基础，就是说诗歌是中国文化一个基础。诗歌在中国文化中有着特殊的地位，在儒家的经典中，《诗经》总是排在第一。可以说，西方有《圣经》，中国有《诗经》。古代最基本的教育方式是“诗教”，《礼记》记载孔子曰：“入其国，其教可知也；其为人也；温柔敦厚，《诗》教也。”其次，“诗教”也可以理解为是一种教养和修养，孔子在《论语》里面经常夸一个人时就说：“可与言诗也”。最重要的，“诗教”还可以理解为一种宗教。林语堂曾说：“吾觉得中国诗在中国代替了宗教的任务”，他认为诗教导了中国人一种人生观，还在规范伦理、教化人心、慰藉人心方面，起到与西方宗教类似的作用。钱穆等也有类似观点。

旧体诗既然是中国传统文化的一个基础和核心，那么，对传统采取全盘激烈否定的态度的五四新文化运动，当然要从新诗革命开始。新诗，充当了五四新文学革命和新文化运动的急先锋。胡适率先带头创作白话诗，在《文学改良刍议》中倡导文学革命，声称要用“活文学”取代“死文学”。认为只有白话诗才是自由的，可以注入新内容、新思想、新精神，他声称：“死文字决不能产生活文学，若要造一种活的文学，必须有活的工具”，开始了以白话诗为主体的“诗体大解放”，打破格律等一切束缚，宣扬“有什么话，说什么话；话怎么说，就怎么说”，因此，新诗也被称为自由诗。陈独秀发表《文学革命论》，称欧洲之先进发达源于不断革命，“自文艺复兴以来，政治界有革命，宗教界亦有革命，伦理道德亦有革命、文学艺术，亦莫不有革命，莫不固革命而新兴而进化。”

这些年，关于“五四”的争论也很多，正面的认为其代表时代进步思潮，值得肯定；负面的认为其彻底否定传统文化开了激进主义思潮，导致伦理丧失道德崩溃虚无主义泛滥，关于“五四”，学者张旭东的观点比较公允，他指出在“五四”之前，人们常常把中国经验等同于落后的经验，而将西方经验目之为进步的象征，由此就在中国与西方之间建立了一种对立关系，陷入了“要中国就不现代，要现代就不中国”的两难境地。“五四”将“中西对立”转换为“古今对立”，成功地解决了这一困境，“五四”成为“现代中国”和“古代中国”的分界点，成为中国现代性的源头，从此可以“既中国又现代”。既然古代中国文化的核心和基础是诗歌，所以，五四新文学革命和新文化运动以新诗作为突破口是有道理的。

学者李泽厚就对新诗新文学予以高度肯定，表达过其相当深刻的理解。他说：五四白话文和新文学运动是“成功的范例，它是现代世界文明与中国本土文化相冲撞而融合的一次凯旋，是使传统文化心理接受现代化挑战而走向世界的一次胜利。五四以来的新文体，特别是直接诉诸情感的新文学，所载负、所输入、所表达的，是现代的新观念、新思想和新生活；但它们同时又是中国式的。它们对人们的影响极大，实际是对深层文化心理所作的一种转换性的创造”，他特别举例现代汉语在输入外来概念时，所采取的意译而非音译方式，很有创造性，文化既接受了传入的事实，又未曾丧失自己，还减少了文化冲突。“既明白如话，又文白相间，传统与现代在这里合为一体。”

确实，在郭沫若、冰心、胡适、徐志摩等早期新诗人的诗歌中，自由、民主、平等、爱情及个性解放等现代观念得到了广泛的传播，起到了一定的现代思想的启蒙和普及作用。此后，闻一多、何其芳、冯至、卞之琳等开始强调“诗歌自身的建设”，主张新诗不能仅仅是白话，还应该遵照艺术规律，具有艺术之美和个性之美。戴望舒、李金发等则侧重对欧美现代诗艺如象征主义、意象派的模仿学习。抗日战争开始后，艾青、穆旦等在唤醒民众精神的同时继续新诗诗艺的探索。中华人民共和国成立后，受苏联及东欧、拉美诗歌的影响，积极昂扬向上的抒情主义一度占据主流，并为中华人民共和国奠定思想基础及美学典范。但后来这一方向遇到“文革”阻断。直到 20 世纪 70 年代末，诗歌界才又重新开始新诗的现代探索之路。

在这里，我重点梳理一下 20 世纪 70 年代末算起的当代诗歌四十年。我个人曾大致把这四十年分为三个阶段：

第一个阶段是朦胧诗时期，主要是向外学习的阶段，翻译诗在这一阶段盛行。朦胧诗是“文革”后期出现的一种诗歌新潮，追求个性，寻找自我，呼唤人性的回归和真善美，具有强烈的启蒙精神、批判思想和时代意识，是一种新的诗歌表达方式和美学追求。朦胧诗主要的特点：一是其启蒙精神和批判性，北岛在这方面尤其突出，他对旧有的虚假空洞意识形态表示怀疑，公开喊出“我不相信”，同时，他高扬个人的权利，宣称“在一个没有英雄的年代，我只想做一个人”；二是对人性之美的回归，对日常生活之美的回归，舒婷比较典型，她呼唤真正的深刻平等的爱情、友情，比如《致橡树》等诗。朦胧诗的新的美学追求，也得到了部分评论家的肯定，其中尤以谢冕、孙绍振和徐敬亚为代表，他们称之为“一种新的美学原则的崛起”，为其确定追求人性人情人权的准则，从而为其提供合法性正当性证明。但朦胧诗与翻译诗关系密切。诗歌界有一个相当广泛的共识，即没有翻译就没有新诗，没有灰皮书就没有朦胧诗。已有人考证胡适的第一首白话诗其实是翻译诗。而被公认为朦胧诗起源的灰皮书，是指 20 世纪六七十年代只有高干高知可以阅读的、所谓“供内部参考批判”的西方图书，其中一部分是西方现代派小说和诗歌，早期的朦胧诗人们正是通过各种途径接触到这些作品，得到启蒙和启迪，从此开始他们的现代诗歌探索之路。20 世纪 70 年代后期改革开放之后，西方诗歌从古典主义、浪漫主义到现代主义被一股脑翻译过来，从普希金、拜伦、雪莱、泰戈尔、惠特曼、波德莱尔、艾米莉狄金森、艾略特、奥登、普拉斯、阿赫玛托娃到布罗茨基、米沃什、史蒂文森等等，以西方现代诗歌为摹本的风气更是盛行一时。

朦胧诗本身的命名来自章明的批评文章《令人气闷的“朦胧”》，认为一些青年诗人的诗写得晦涩、不顺畅，情绪灰色，让人看不懂，显得“朦胧”。这一看法，可以从两个方面来分析。一是朦胧诗由于要表达一种新的时代情绪和精神，老一辈可能觉得不好理解，故产生隔膜，看不懂；二则可能因为这种探索因为是新的，这种新的时代的表达方式是此前所未有的，因而必然是不成熟的，再加上要表达新的感受经验，中国传统中缺乏同类资源，只好从翻译诗中去寻找资源，而翻译诗本身因为转化误读等等，就存在不通畅的问题，在这样的情况影响下的诗歌，自然也就有不畅达的问题，故而扭曲变异，所以“朦胧”，让人一时难以理解接受。

朦胧诗试图表达新的时代精神，创造新的现代语言，但因受制于时代、受翻译体影响，再加上表达受时代限制导致的曲折艰涩，诗艺上还有所欠缺，未能产生更大影响，后来进入欧美后也受到一些质疑，比如其对所谓“世界文学”的有意识的模仿和追求，及其诗歌表达方式和技巧的简单化。

第二个阶段是文学寻根时期，也是向内寻找传统的阶段，后来更在“国学热”、文化保守主义潮流中日趋加速，朦胧诗和第三代诗人中已有部分诗人开始具有自觉的将传统进行现代性转换的创造意识，这个时期也可以说是一个文学自觉的时期，民族本土性主体性意识开始觉醒。最早具有寻根意识的作品被认为是杨炼的诗歌《诺日朗》等。后来则是小说界将之推向高潮。韩少功发表《文化的根》，莫言、贾平凹、阿城等相继推出《红高粱》《商州》系列和《棋王》等小说。文学寻根思潮的产生，可能受到两股西方思潮的影响，一是拉美的魔幻现实主义，也是“寻根”面目出身，寻找拉丁美洲大陆的独特性和精神气质，代表性作家马尔克斯的《百年孤独》在文学界人手一册；二是欧美本身的反现代化潮流，表现为所谓反现代性的审美现代性，比如在艺术界以梵高、高更为代表的反现代文明、追求原始野性的潮流。此外，进入20世纪90年代以后，大陆文化保守主义思潮兴起，国学热盛行，陈寅恪、王国维等成为新的时代偶像。

这一时期值得注意的是台湾现代诗歌对大陆的影响。台湾现代诗正好已经过第一阶段向外学习，开始转向自身传统寻找资源，而且刚刚创作出具有一定示范性的代表性作品，比如余光中的《乡愁》、郑愁予的《错误》、洛夫的《金龙禅寺》等。台湾现代主义早期也是以西化为旗帜的，三大刊物《现代诗》《创世记》《蓝星》等，明确强调要注重“横的移植而非纵的继承”，主张完全抛弃传统。但有意思的是，台湾现代诗人们越往西走，内心越返回传统。他们最终恰恰以回归传统的诗作著名，而且也正是这批诗作，他们被大陆诗歌界和读者们广泛接受。台湾现代主义诗歌对整个当代诗歌四十年的影响力，有时会被有意无意忽视，但我们不能不承认，在第二阶段，台湾现代诗取得了辉煌的成就，足以和朦胧诗抗衡。

寻根思潮持续性很强。后来也出现许多优秀的作品，比如柏桦的《在清朝》、张枣的《镜中》等等，更年轻的继承者则有陈先发、胡弦等等，其意义还有待进一步挖掘。

第三个阶段出现在21世纪诗歌开初，其中最重要的一个背景是互联网及自媒体的出现及迅速普及，还有全球化的加速，促进中西文化与诗歌大交流大融合，激发创造力。我称之为诗歌的“草根性”时期，这是向下挖掘的阶段，也是接地气和将诗歌基础夯实将视野开阔的阶段。所谓诗歌的“草根性”，我写过一篇文章《天赋诗权，草根发声》，大意是每个人都有写诗的权利，但能否写出诗歌和得到传播还需要一些外在条件，比如要有一定文化水准，也就是说得先接受教育，现在正好是一个教育比较普及的时代。然后，写出来能得到传播，网络正好提供了一个新的传播渠道和平台，博客、微博、微信这样的自媒体对诗歌传播更是推波助澜，这些外在条件具备了，诗歌的民主化进程也就开始了。新的创作机制、传播机制、评判机制、选择机制与传播依赖纸刊、编辑的机制相比，发生了变化。诗歌进入一个相对大众化、社会化也是民主化的时代。当然，一个人是否能成为好诗人还有天赋等问题，诗有别才，但大的趋势基本如此。所以，我将“草根性”定义为一种自由、自发、自然并最终走向自觉的诗歌创作状态。

这个时代的一个标志就是底层草根诗人的崛起，被称为“草根诗人”的有杨键、江非等最早引起注意，而打工诗人郑小琼、谢湘南、许立志等也被归于这一现象，2014年年底余秀华的出现，使“草根诗人”成为一个具有广泛社会影响力的现象，达到一个高潮；另一个标志是地方性诗歌的兴盛，中国历史上就有地方文化现象，古代有“北质而南文”的说法，江南文化、楚文化、齐鲁文化、巴蜀文化等使得中国文化呈现活力和多样性。当代地方性诗歌也相互竞争、相互吸收、相互融合的阶段。雷平阳、潘维、古马、阿信等被誉为代表性诗人。而少数民族诗人的兴起也可以归入这一现象，如吉狄马加等少数民族诗人，为当代诗歌带入新的诗歌因素，并成功进入主流文学。

还有一个现象是女性诗歌的繁荣。这也与网络的出现有一定关系。女诗人几乎人人开博客和微信微博等自媒体。自媒体有点像日记，又像私人档案馆，还像展览发布厅，自己可以做主，适合女性诗人。女诗人们纷纷将自己的照片、诗歌、心得感受、阅读笔记公开，并吸引读者。我曾称之为“新红颜写作”现象。其背后的原因则是女性接受教育越来越普遍，知识文化程度提高，导致女诗人大规模的涌现，超过历史任何一个时期，释放出空前创造力，并深刻改变当代诗歌的格局，引起广泛关注。而且，女性占人类一半，其创造性的释放，在某种意义上具有人类文明史的意义。

近两年来，在诗歌传播上，微信更起到了推波助澜的作用。微信的朋友圈分享证明了诗可以群。一方面，微信适合诗歌阅读和传播，快捷，容量小，并可随时阅读，日渐成为人们日常生活习惯。而另一方面，从网络诗歌开始就有的“口语化”趋势，也使诗歌更容易被读懂和广泛接受。所以，微信不受地域限制，汉语诗歌微信群遍布世界各地，人在海外，心在汉语。其后续影响值得关注。

第三个阶段之后，我觉得开始进入了一个新的阶段，一个向上超越的阶段，这个阶段刚刚开始，在这个阶段，有可能确立新的美学原则，创造新的美学形象，建立现代意义世界。

历史上曾出现过这样的时期，盛唐诗歌就创造了古典美学的典范。李白是自由、浪漫的象征，他背后代表着道教的精神。杜甫是深情、忧患的典型，他的感时忧国是一种儒家传统。王维则是“超脱、超越”的形象，他有佛家及禅宗的关怀。在古典文学中，由于文史哲不分家，诗歌里本身包含哲学观念和历史经验，诗融情理，诗人们集体创造了一个古典的意义世界，为社会提高价值和精神，至今仍是一个美学和意义的源头。

所以，向上，确立新的现代的美学原则，创造新的美学形象，建立现代意义世界，是一个有待完成的目标。现代意义世界，应在天地人神的不断循环之中建立，兼具自然性、人性、神性三位一体，因为，自然乃人存在的家园，这是基础；而对人性、人心、人权的尊重和具备，是必需的现代准则。神性，则代表一种向上的维度，引导人的上升而非坠落。只有在这样一个多维度的融域视野中，高度才是可能的，当代诗歌的高峰也才会出现。

对这一个阶段，我预测：首先，这将是一个融会贯通的阶段，由于我们身处全球化时代，这将是一个古今中西融汇的阶段。其次，应该是众多具有个人独特风格和审美追求的优秀诗人相继涌现。当然，最关键的，这一阶段还将有集大成的大诗人出现。最终，这一阶段将确立真正的现代美学标准，呈现独特而又典范的现代美学形象，从而建构现代的意义世界，为当代人提供精神价值，安慰人心。

自然对于当代诗歌的意义

李少君

自然在古典诗歌中居于核心地位

中国传统，自然至上。道法自然，自然是中国文明的基础，是中国之美的基础。中国之美，就是青山绿水之美，就是蓝天白云之美，就是莺歌燕舞之美，就是诗情画意之美，《文心雕龙》很早就将自然与人文的对应关系阐述得很详尽："日月叠璧，以垂丽天之象；山川焕绮，以铺理地之形：此盖道之文也。"

中国之美，是建立在自然之美的基础上的，是自然之美与人文之美的结合，其最高境界就是诗意中国。盛唐融疆域之广阔壮美与人文之自由、多样和开放包容于一体，乃诗意中国之典范形象。

自然与诗歌艺术有着漫长的亲缘关系。

自然山水是诗歌永恒的源泉，是诗人灵感的来源。道法自然，山水启蒙诗歌及艺术。"外师造化，中得心源"，几乎是中国诗歌和艺术的一个定律。

自然山水本身就是完美的艺术品，比任何艺术品都更伟大，比任何一本书都更启迪艺术家。山有神而水有灵，王维称其水墨是"肇自然之性，成造化之功"；董其昌称："画家以天地为师，其次以山川为师，其次以古人为师"；诗人袁宏道说："师森罗万象，不师古人。"以山水为师，是众多伟大的诗人艺术家们艺术实践的共同心得体会。

人们还认为山水本身是一种伟大的艺术形式和永恒的精神品格，对此，作家韩少功分析："在全人类各民族所共有的心理逻辑之下，除了不老的青山、不废的江河、不灭的太阳，还有什么东西更能构建一种与不朽精神相对应的物质形式？还有什么美学形象更能承担一种信念的永恒品格？”所以，人们也以山水比拟人格，“仁者爱山，智者爱水”，成为人物品评的一个标准。

自然山水具有强大的精神净化作用，灵魂过滤功能。诗人谢灵运很早就说：“山水含清晖，清晖能娱人”；汤传楹《与展成》文中称：“胸中块垒，急须以西山爽气消之”；南朝吴均《与朱元思书》里更进一步说：“鸢飞戾天者，望峰息心；经纶事务者，窥谷忘返”……看见山水，人们可以忘记一切世俗烦恼，可以化解所有焦虑紧张，所以古人称“山可镇俗，水可涤妄”，山水是精神的净化器。西方也有类似说法，美国作家华莱士·斯泰格纳认为现代人应该到自然之中去“施行精神洗礼”。

自然山水这种巨大的精神净化功能和灵魂疗治作用，导致中国古代山水诗和山水画盛行，山水诗歌成为诗歌的主流。谢灵运、陶渊明、李白、杜甫、白居易、苏东坡等都是伟大的山水诗人，写下过大量的经典杰作。山水诗可以安慰心灵，缓解世俗的压抑。

需要指出的是，在汉语语境中，自然一词具有复杂多义的含义，除了指大自然之外，也可形容一种状态，比如自然而然，任其自然；还可以是一种生活方式和精神理念……这些意思相互关联又相互缠绕，显示出自然一词具有的张力。作为中国文化最重要的一个价值观“道法自然”，就同时蕴含了这多种意义。

自然的缺失导致一系列现代性问题

进入现代以后，西方文化强行侵袭，产生现代性冲击。文学由关注自然转向关注人事。

中国当代文学界最著名的一句话就是：文学是人学。在基督教背景下，这句话很好理解。基督教曾以关注人的堕落与救赎为借口，以来自天国的拯救为许诺，对人性强行改造和压制。文艺复兴以后，人的解放成为潮流，人性大释放，文学自然也就以对人性的表现和研究作为最主要的主题。

但很快这又走到另一个极端。上帝死了，人僭越上帝之位，自认为是世界的主人、自然的征服者，不再尊重自然和其他物种，将它们视为可任意驱使随意采用的资源和材料。自然问题从此变成一个经济问题或科技问题，而非人类所赖以依存的家园，与人类休戚相关的安居之所。自然从此陷入万劫不复之地。

人其实只能在人的意义上解决自己的问题，严守自己的本分和位格，在天地人神的循环中谦逊行事。在生态问题上，我们不仅要强调个人的自觉自律，更要强调人类集体的自觉自律。这一点，西方的智者也意识到了，比如海德格尔就呼吁回复天地人神的循环，人只是其中的一环，反对把人单独抽取出来，作为世界的中心和主角，凌驾于万物之上。可以说与中国古人智慧相呼应。

在工业化浪潮中，也许因为相对后发，美国对现代文明的负面作用反省较早。有“美国文明之父”之称的爱默生曾经强调：人类应该遵守两句格言，一是认识你自己，二是研习自然。爱默生号召美国文学回归自然，他甚至说：欧洲大陆文化太腐朽了，需要自然之风来吹拂一下。在很多学者看来，正是自然文学的发展，使美国文学区别于重人文的欧洲文学，使新大陆区别于旧大陆。确实，美国自然文学经典比比皆是，惠特曼的《草叶集》、梭罗的《瓦尔登湖》、奥尔多·利奥波德《沙乡年鉴》等。奥尔多·利奥波德的“土地伦理”影响至今。他说：“人们往往想当然地认为野生生物就像和风和日出日落一样，自生自灭，直到它们在我们面前慢慢地消失。现在我们面临的问题是高质量的生活是否要在自然的、野生的和自由的生物身上花费钱财。我们人类对于整个生物界来说还只是很少的一部分，那么能够真真正正看到自然界中的鹅群的机会比在电视上看更重要，有机会发现一只白头翁就像我们有权利说话一样神圣不可侵犯。”

“文学是人学”的说法在中国产生了一系列后果。由于现代性危机和对西方的过度膜拜和邯郸学步，现代文学彻底抛弃传统，打倒传统，从此对自然视而不见。五四时期，强调所谓“国民性改造”，夸大中国人人性中的黑暗面和负面，导致民族普遍地自卑和自贬，并且一直影响到中国当代文学，充斥着所谓人性的研究。但人性却被简单地理解为“欲望”，甚至，“人性恶”被视为所谓普遍的人性，说什么“人性之恶才是推动历史发展的动力”，以至文学中勾心斗角、人欲横流、尔虞我诈、比恶比丑、唯钱唯权的“厚黑学”流行，其内容几乎可以用一句话来形容：每一页都充斥人斗人。从官场、商场到情场、职场，连古典宫廷戏、现代家庭情感剧也不放过。至此，真善美被认为是虚伪，古典文学中常见的清风明月、青山绿水也隐而不见。自然从当代文学中消失隐匿了。

这当然是社会风气出了问题，价值观认识论出了问题，人心出了问题。引领社会风尚的文学包括诗歌也负有不可推卸的责任。是到了重新认识我们的传统和借鉴西方对现代性的反思的时候了，是重新认识自然、对自然保持敬畏、确立自然的崇高地位的时候了。

重新恢复自然的崇高地位

古人对自然的推崇，对当代诗歌也很有启迪意义。这种推崇具体到文学中，体现为对境界等概念的强调，对地方性文学的维护。

境界是古典文学的核心概念。中国诗歌强调境界其实与尊崇自然密切相关。在诗歌中，境界唯高。何谓境界？我的理解就是指个人对自然的领悟并最终与自然相融和谐共处。唐僧园晖所撰《俱舍论颂稀疏》称：“心之所游履攀援者，故称为境。”哲学家冯友兰认为：“中国哲学中最有价值的部分是关于人生境界的学说”，学者张世英说：“中国美学是一种超越美学，对境界的追求是其重要特点。”境界，就是关于人的精神层次，但这一精神层次的基础就是自然与世界，反映人的认识水平、心灵品位。王国维在《人间词话》里称：“有境界则自成高格”。境界里有景、有情，当然，更有人——自我。最高的境界，是“采菊东篱下，悠然见南山”，“纵浪大化中，不喜亦不惧”，是“游于艺”，是“天人合一”，是安心于自然之中。追求境界，就是寻找存在的意义，其本质是一种内在超越。学者胡晓明称：“境界的要义，就是创造一个与自我生命相关的世界，在其中安心、超越、生活。”好的诗歌，就应该追求境界。古人称写诗为“日课”，诗歌是一种个人化行为，诗歌也可以被视为一种个人日常自我宗教。我则视诗歌是一种“心学”，是对自然与世界的逐步认识、领悟，并不断自我提升，自我超越。诗歌感于心动于情，从心出发，用心写作，其过程是修心，最终要达到安心，称之为“心学”名副其实。

境界的相关条件是自然，或者说，没有自然作为前提，就没有什么境界。古人早就说过“山水映道”，瑞士哲学家阿米尔也称“一片自然风景是一个心灵的境界”。学者朱良志说王维的诗歌短短几句，看似内容单调，但他实则是以情造出了一个“境”，比如“人闲桂花落，夜静春山空。月出惊山鸟，时鸣春涧中”，还有：“飒飒秋雨中，浅浅石溜泻。跳波自相溅，白鹭惊复下”……都独自构成了一个个清静自足但内里蕴涵生意的世界，是一个个完整又鲜活的“境”。在此境中，心与天地合一，生命与宇宙融为一体，故能心安。而按海德格尔的哲学，境界应该就是天地人神的循环之中，人应该“倾听”、“领会”与“守护”的那个部分，如此，我们才能“诗意地栖居在世界中”。

当代文学包括诗歌如果关注自然，就应该继承或者说重新恢复或者说光大创新类似关于境界这样的美学观念、规范和标准。

此外，古典诗歌对地方性的强调，其实就是对自然的尊重。古人很早就有“北质而南文”的说法，强调地域对文学的影响。清末民初学者四川学者刘咸炘探讨各地地域文化特征称：“夫民生异俗，土气成风。扬州性轻则词丽，楚人音哀则骚工，徽歙多商故文士多密察于考据，常州临水故经师亦摇荡其情衷。吾蜀介南北之间，折文质之中，抗三方而屹屹，独完气于鸿蒙。”有一定地理和历史学的依据。美国诗人施耐德在现代语境下，将地域性理解为“地域生态性”，强调保持地域生态完整性，保护地域的整体生态，颇具现代生态意识。

江南文化曾是地域文化的典型。很长一个时间段内，江南之美曾是中国之美的代表。古人说：上有天堂，下有苏杭。江南是中国人最理想的居住地。自然和生活融合，理想和现实并存，诗意和人间烟火共处。江南最符合中国人向往的生活方式、观念与价值：道法自然。江南将“道法自然”变成了现实。“道法自然”是诗意的源泉，江南文化因此被称为“诗性文化”，是中国文化中最具美学魅力的部分。“暮春三月，江南草长，杂花生树，群莺乱飞”，江南也；“青山隐隐水迢迢，秋尽江南草未凋。二十四桥明月夜，玉人何处教吹箫”，亦江南也；“有三秋桂子，十里荷花。羌管弄晴，菱歌泛夜，嬉嬉钓叟莲娃”，还是江南；“江南好，风景旧曾谙。日出江花红胜火，春来江水绿如蓝，”最难忘江南……江南曾是自然、生活与诗意的最佳结合之地。古代的江南诗歌，就是地方性成功的典范。当然，江南之美现在也蒙上了雾霾的阴影。

当代也有一部分作家诗人成为自然文学的先行者，比如诗歌界的昌耀、小说家韩少功及其《山南水北》、散文家刘亮程及其《一个人的村庄》，还有早逝的散文家苇岸及其《大地上的事情》等等。但总体来说，这样的作家诗人还是太少，还未成为主流，这也正好反映了社会环境和精神领域中对自然的不够重视。

雾霾时代，诗人何为？雾霾就是诗意的敌人，是反诗意的。所以，我们这个时代尤其需要诗人们站出来，有所承担，带头重新认识自然，回归自然，对人为制造的雾霾说不，对雾霾的制造者说不，与雾霾争夺人类生存和幸福的空间。

图书在版编目(CIP)数据

我是有背景的人/李少君著. —武汉:武汉大学出版社,2017.11
珞珈诗派丛书/余仲廉,吴晓主编. 第一辑
ISBN 978-7-307-19346-8

Ⅰ.我… Ⅱ.李… Ⅲ.诗集—中国—当代 Ⅳ.I227

中国版本图书馆 CIP 数据核字(2017)第 119009 号

责任编辑:王智梅　　责任校对:李孟潇

出版发行:**武汉大学出版社**　(430072　武昌　珞珈山)
(电子邮件:cbs22@whu.edu.cn 网址:www.wdp.com.cn)
印刷:湖北恒泰印务有限公司
开本:889×1194　1/32　印张:6.5　字数:172 千字
版次:2017 年 11 月第 1 版　　2017 年 11 月第 1 次印刷
ISBN 978-7-307-19346-8　　定价:32.00 元
